KB113461

戊辰 神文說
丁酉 慶陽文鈔

천미신교
낙양지부

천마신교 낙양지부 16

정보석 新무협 판타지 소설

초판 1쇄 찍은 날 § 2018년 8월 8일
초판 1쇄 펴낸 날 § 2018년 8월 15일

지은이 § 정보석
펴낸이 § 서경석

편집책임 § 이선근

펴낸곳 § 도서출판 청어람
등록번호 § 제387-1999-000006호
등록일자 § 1999. 5. 31
어람번호 § 제2-2750호

주소 § 경기도 부천시 부일로 483번길 40 서경B/D 3F (우) 14640
전화 § 032-656-4452 팩스 § 032-656-4453
http://www.chungeoram.com
E-mail § chungeorambook@daum.net

ⓒ 정보석, 2017

ISBN 979-11-316-91802-5 04810
ISBN 979-11-316-91369-3 (세트)

※ 파본은 구입하신 서점에서 교환하여 드립니다.
※ 저자와 협의하여 인지를 붙이지 않습니다.
※ 이 책은 도서출판 청어람과 저작자의 계약에 의해 출판된 것이므로,
　 무단 전재 및 유포·공유를 금합니다.

16

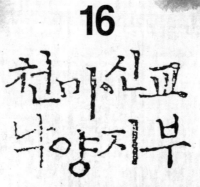

천미신교
낙양지부

정보석 新무협 판타지 소설

FANTASTIC ORIENTAL HEROES

도서출판 청어람

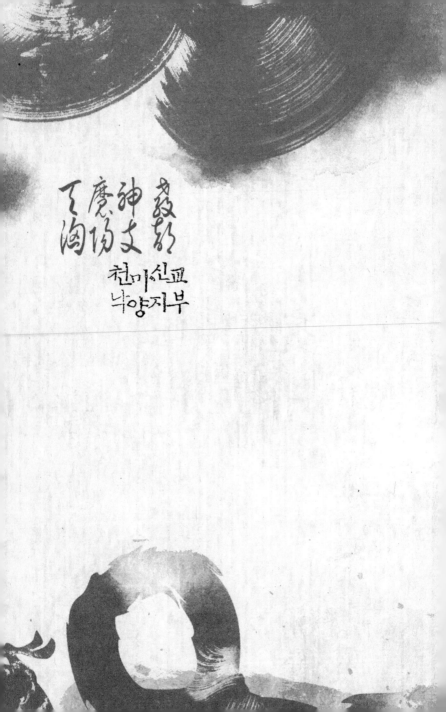

穀紋
神文
慶陽
乙淘

천미신교
낙양지부

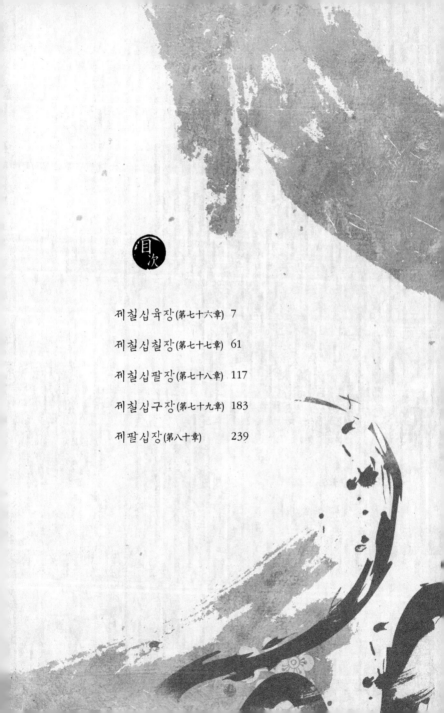

제칠십육장(第七十六章)

일자로 쭉 위로 솟아오른 철부.

그것이 어느 순간부터 맹렬히 가속되며 피월려를 향해 떨어졌다.

보통 물체가 포물선을 그리면서 떨어지는 것에 반해, 그 철부는 유성처럼 일직선으로 피월려를 향했다.

그 거대한 크기와 그만한 크기에 담기는 내력의 총량을 생각하면 상식적으로 피하는 것이 답이다. 그러나 용안심공은 절대로 피하지 말라는 신호를 보내왔다.

그것은 양날 도끼를 위로 던져놓고, 다시 마기를 모아 양손에서 폭발시키려는 후빙빙의 의도를 읽은 것이다.

태극지혈에 피월려의 무게를 더한다 해도, 철부의 무게가 더 무거울 것 같다.

즉 그 속에 담긴 내력의 양으로 이겨서 밖으로 쳐내야 하는데, 천마급에 이른 후빙빙이 그 철부에 집약시킨 마기의 양이 얼마나 될지는 상상조차 할 수 없다.

피월려는 양손으로 태극지혈을 잡고 마기를 폭발시키면서 아래에서 위로 크게 휘둘렀다.

콰— 쾅!

양날 도끼와 검이 부딪친 것이 아니라 벼락과 땅이 부딪친 것 같은 소리가 났다.

내력도 내력이지만 기본적인 무게 차이가 너무 극심하여, 태극지혈이 부러지는 것이 아닌가 하는 생각도 들었다. 그러나 태극지혈은 피월려의 내공을 모조리 흡수하면서 그 양날 도끼의 무게를 견뎌내었다.

마치 피월려의 내공으로 자기의 몸을 스스로 보호하는 것 같았다.

그와 동시에 피월려의 양옆을 지나가는 장풍!

퍼— 엉!

공기가 터지면서 피월려의 양쪽 귀가 크게 울렸다.

만약 피월려가 그 양날 도끼를 피하려고 오른쪽이든 왼쪽이든 움직였다면, 그 장풍에 정면으로 맞아 큰 피해를 입었을 것이다.

타다닷.

잠시 잠깐 정신이 멍한 상태에서 벗어난 피월려는 앞으로 달려오다 갑자기 도약한 후빙빙의 신체를 서둘러 쫓았다. 그녀는 튕겨져 나온 철부를 그대로 집어 들면서 그 힘을 이용해 허리를 활처럼 휘어 그 회전력을 멈췄다.

회전이 멈춘 철부는 그대로 피월려의 얼굴에 떨어졌다.

쾅!

금강부동신법으로 물 흐르듯 물러난 피월려의 발 앞의 땅이 얼음처럼 쪼개졌다. 그러나 철부는 이미 그곳의 중심에 없었다. 이미 후빙빙의 등 뒤에서 크게 휘둘러지고 있었기 때문이다.

어떻게 양날 도끼가 뒤로 갔는지를 놓쳤다?

모든 것을 보는 용안심공이?

지금처럼 긴박한 상황에서 당장 그 의문에 답하는 데 정신력을 낭비할 수 없다.

피월려는 의문을 당장 머릿속에서 지우고, 현 상황을 황홀경을 통해 머릿속에 찍어 넣었다.

후빙빙은 오른쪽 다리를 쭉 뻗어 땅을 짚고 왼쪽 무릎을 접은 채 하늘을 향한 상태로 활처럼 꺾인 허리를 그대로 이어 양손으로 양날 도끼를 잡고 있었다.

그 상태로 시간을 멈춰 놓고 어느 쪽으로 도냐고 물어본다면 그 누구라도 오른쪽으로 돈다 말할 것이다.

그러나 분석을 마친 용안심공이 황홀경에서 벗어나 시간이 흐르기 시작하자, 그녀의 몸은 놀랍게도 왼쪽으로 돌기 시작했다.

피월려는 도끼가 날아오는 방향으로 먼저 마중 나가듯 크게 앞으로 굴렀다.

부— 웅!

허공을 가른 양날 도끼가 아슬아슬하게 피월려의 상체를 지나갔다. 용안심공은 그녀의 중심 다리에 부푼 근육의 모양새를 놓치지 않고, 그 회전이 왼쪽이라는 사실을 간파한 것이다.

낮은 자세를 잡은 피월려는 검을 뻗어, 중심축 역할을 하는 그녀의 다리를 노렸다.

그가 심상 세계에서 잡고 있는 역화검으로는 도저히 닿을 거리가 아니지만, 그가 실제로 들고 있는 태극지혈로는 충분히 닿을 수 있는 거리였다.

오른쪽 다리를 중심으로 왼쪽으로 돌았다면, 이는 뒤로 돈 것이다.

이는 모든 것을 떠나서 인간의 육체 구조상 무너지기 쉽다.

중심축을 공격한다면 충분히 자세를 흐트러뜨리고 수비에서 공격으로 전환할 기회를 마련하게 된다.

피월려가 내지른 태극지혈은 실제로 후빙빙의 오른 발목을 향해 낮게 찔러 들어갔다.

그것이 그녀의 발목이 닿으려는 순간, 위에서 거대한 벽이 내려와 그 검로를 막아섰다.

쿵!

캉!

양날 도끼에 가로막힌 태극지혈은 피월려의 손아귀에서 벗어날 정도로 강하게 튕겨졌다. 급한 공격이라 내력을 많이 담지 못하여 후빙빙의 양날 도끼와의 충돌에서 크게 물러나게 된 것이다.

피월려는 억지로 그것을 잡으려 하지 않았고, 손에서 흘려보냈다. 대신 몸을 반 바퀴 돌려 왼손을 들어 그것을 역수로 잡았다.

그 순간 태극지혈은 피월려의 몸속 가장 깊은 곳에 숨어 있던 빙정의 음기를 일순간 찾아내어 모조리 끌어당겼다.

급변한 내력의 흐름에 피월려는 당황했지만, 그는 눈을 떠심상 세계에서 벗어나면서 역화검과 태극지혈의 괴리를 제거했다.

곧 피월려는 태극음양마공의 묘리를 주축으로 폭주한 것

과도 같은 음기를 그대로 검기로 쏘아 보내며 나머지 반 바퀴를 돌았다.

스— 륵.

고요한 검기는 후빙빙의 옷자락을 갈랐다. 피월려가 보니 그녀의 몸은 공중에 붕 떠오른 채로, 양날 도끼에 양손을 가져가고 있었다.

심안이 아닌 육안으로 적을 마주하니 이상하게도 신선한 기분이 든다.

아직 공격이 시작되지 않았으니, 눈을 감아 심상 세계에 젖어 들 시간이 충분하다고 판단. 피월려는 눈꺼풀로 육안을 감쌌다.

심상 세계가 그의 눈앞에 펼쳐지기 바로 직전, 피월려는 오른쪽 어깨에서 고통을 느꼈다.

퍽!

후빙빙의 긴 다리가 피월려의 오른쪽 어깨에 적중했다. 피월려가 심검을 펼치지 못했던 그 순간을 후빙빙이 간파하고, 도끼로는 차마 공격할 수 없어 즉흥적으로 발차기를 한 것이다.

다만 그녀는 고강한 각법을 익히지 않았던 터라 그런 즉흥적인 공격으론 큰 피해를 줄 수 없었고, 다만 뼈를 관절에서 빠지게 만들었을 뿐이다.

하나 피월려는 오른손으로는 더 이상 후빙빙을 상대할 만큼의 고강한 검술을 펼칠 수 없다는 것을 깨달았다. 빠진 어깨를 다시 끼우면 될 일이지만, 그런 시간을 벌 만한 수단은 단 하나.

전신으로 강기를 내뿜는 호신강기인데, 이를 펼치면 후빙빙은 웃으면서 뒤로 빠질 것이다.

내력을 그 정도로 낭비해 버리면 엄청나게 불리한 싸움을 이어갈 수밖에 없었기 때문이다.

그러나 그 수밖에 없는 건 자명한 사실. 이대로 좌검만으로 싸울 수도 없었다.

피월려는 호신강기를 펼쳐 사방으로 강기를 비산시켰다.

후빙빙은 조금도 머뭇거리지 않고 뒤로 훌쩍 피해 다섯 장이나 멀리 떨어졌다.

피월려는 호신강기가 사방으로 날아가는 와중에 오른쪽 어깨를 다시 끼워 넣었다.

호신강기가 옅어지며 공중에서 사라지자, 양날 도끼를 휘적휘적 휘두르면서 몸의 근육을 이완시킨 후빙빙이 마지막으로 훌쩍 어깨에 그것을 메고는 말했다.

"처음 걸 그리 깔끔하게 벗어날 줄은 몰랐다. 그걸 깔끔하게 벗어났다는 것 자체가 지마 위라는 증거지."

"확실히 상식적인 생각으론 벗어날 수 없는 절묘한 수였습니다."

"피한 연놈들은 다들 독창적이고 창의적인 자기만의 방법
으로 벗어났지. 그러나 지금껏 본 모든 방법 중에 네 방법이
가장 깔끔했어. 본녀도 배우는 게 있었다."

양날 도끼를 유성처럼 쏘아 회피를 강요하고, 회피하는 곳
으로 장풍을 쏘는 무서운 술수.

피월려가 물었다.

"그 초식의 이름이 무엇입니까?"

"내가 백도 나부랭이로 보이냐? 좋은 술수를 하나 개발했
다고 이름이나 붙이고 있게."

"양날 도끼처럼 활용하기 어려운 무기를 본신내력으로 삼
으셨으면서 장풍까지 익히신 겁니까?"

"방금 그 수를 위해서 그냥 하나 배웠을 뿐이다. 무기 없
이 원거리로 발경할 수 있는 게 장풍 말곤 없지 않느냐?"

"그럼 더더욱 이름을 주어야 한다고 생각합니다. 그 정도
의 노력이 있었으면 이름을 붙여야 되지 않습니까?"

"하하하, 그래? 그러면 어디 한번 네가 붙여보거라."

피월려는 즉시 대답했다.

"유성풍(流星風)."

"유성풍? 내 도끼가 유성처럼 보였느냐?"

"처음 연상된 것이 유성이었습니다."

후빙빙은 마음에 드는지 하늘이 떠나가라 광소했다.

"하하하! 좋은 이름이다. 유성풍이라……. 아부 한번 기가 막히게 하는구나."

"연상되는 것을 말했을 뿐입니다."

"그래그래. 그건 그렇고, 두 번째 말이다. 그건 어찌 알았느냐? 싸우는 중엔 황안이 실패하여 그런 것이라 생각했는데, 그건 아닌 것 같기도 하고……."

두 번째라는 건, 그녀가 땅을 찍은 도끼를 다시 받아 들고 왼쪽으로 휘두른 것을 말한다. 그 무서운 한 수를 생각하니 피월려의 눈초리가 좁아졌다.

"땅을 찍은 것과 다시 도끼를 휘두르는 그 중간 과정을 못 봤습니다만, 혹 그것이 황안이라는 심공의 효과입니까?"

후빙빙은 순순히 고개를 끄덕였다.

"움직임의 과정을 못 보는 환각을 일으킨다."

"그건 환각이 아닙니다. 용안이 간파하지 못할 환각이 없습니다. 그건 더 고차원적……."

순간 후빙빙의 노란 눈빛이 번뜩였다.

"더 이상은 말하지 마라."

"……."

"혹시나 해서 물어봤는데, 진짜로 단 한 번에 내 황안을 파악했구나."

그녀가 말한, 이미 많은 마인이 알고 있는 황안의 효과는 위장이다.

그렇기에 진정한 위력을 간파한 피월려의 말을 막은 것이다.

피월려는 어깨를 들썩였다.

"후 장로께서도 제 심검의 약점을 단 한 번에 알아채서 발차기를 하신 것 아닙니까?"

"그랬지."

"피차일반입니다."

"후하하. 그래, 그렇다 치자."

"그럼 시험은 통과한 것입니까?"

후빙빙이 대답했다.

"그렇다. 생사혈전에 올라가서 볼품없게 죽진 않을 것 같구나. 그 정도면 망신을 당하진 않겠지. 그러나 장로 후보랍시고 올라오는 놈들은 기본적으로 천마급이라 가정해야 한다. 그러면 네 심검의 약점은 치명적으로 작용할 것이다. 경험이 적은 젊은 놈들이라면 모르고 넘어갈 수 있지만, 나만큼 생사혈전을 많이 한 놈들은 단번에 알아차릴 거야. 심검에 제한 시간을 늘릴 방법은 없느냐?"

중간에 심검을 멈추고 눈을 떠야 하는 이유는 역화검이 존재하는 심상 세계와 존재하지 않는 현실 세계의 괴리를 해결하기 위해서다.

그러나 후빙빙은 심검의 약점이 제한 시간이라고 생각했다. 정확한 사정을 모르고 상대하는 입장에선 충분히 그렇게 오해할 만하다.

피월려는 구태여 그 오해를 바로잡진 않았다.

"심공의 성취가 부족하여 그렇습니다."

"충고 하나 하지. 하루빨리 심공을 갈고닦아 그 제한 시간을 늘려야 속전속결에 집착하는 버릇을 버릴 수 있을 것이다. 그 상황을 호신강기로 해결하려 하는 건 중후한 내력을 가진 늙은 놈들이나 하는 방법이지. 너처럼 젊은 놈은 그냥 몸을 조금 무리해서 한계치 이상으로 움직여도 괜찮아. 젊을 땐 기혈이 상하는 것보다 육신이 상하는 게 차라리 낫다. 네 젊음을 좀 더 믿거라. 안전한 길만 가려 하지 말고."

피월려는 미처 생각하지 못한 부분이다.

그는 지금까지 몸에 더 상처가 나는 것보다 호신강기를 쓰는 것이 더 낫다는 판단 아래 심검을 운용했다. 살을 주고 뼈를 취하는 것이 아니라면 항상 내력보다 몸을 우선으로 두었다.

철저한 계산 아래 최고의 이익이 되는 방향으로 몸을 이끄는 심검.

문제는 무엇이 가장 큰 이익인가에 대해서는 피월려 본인의 판단이라는 것이다.

무의식중에 몸을 더 아끼니 호신강기란 판단이 나오는 것. 그는 항상 최고의 결과를 내놓는 심검도 결국 본인이 운용하는 것임을 깨달았다.

피월려는 부복했다.

"가르침에 감사드립니다."

"흥, 그래도 늙은이의 말을 들을 줄 아는 놈이군. 박 장로!"

박소을은 배 위에서 그 비무를 지켜보다가 그녀가 부르자 아래로 내려갔다.

"다 끝나신 것이오?"

박소을의 질문에 후빙빙이 등 뒤에 양날 도끼를 메면서 이마의 땀을 훔쳤다.

"더 싸우고 싶지만 그랬다간 피를 보겠지. 추천하는 데 있어 손색이 없는 실력이니 박 장로의 부탁대로 내가 심검마를 추천하겠소."

박소을이 포권을 쥐었다.

"고맙소."

"그럼 가보시오. 바쁘실 텐데, 이렇게 얼굴이라도 뵈니 기분이 좋소."

"마찬가지이오. 그럼 살펴 가시오. 이 일대는 구파일방의 세력권이니 마기를 잘 관리하셔야 할 것이오."

"걱정 마시구려. 배 안에서 운기조식을 하면 충분히 백도 나부랭이들이 모르게 움직일 수 있소."

후빙빙도 포권을 취하곤 경공을 펼쳐 배 안으로 들어갔다.

피월려 일행이 그 강가에서 나와 마차가 정박한 곳에 이를 때쯤, 배가 서서히 움직이는 것이 보였다.

그러자 하늘을 찌르던 마기가 흩어지듯 사라졌는데, 배 안에 탄 후빙빙과 호법원 고수들이 모두 운기조식을 하며 마기를 다스리는 것 같았다.

그것을 보며 마차에 탄 박소을이 중얼거렸다.

"저런 강대한 마기를 또다시 숨기려면 상당히 곤할 텐데……. 고생 좀 하겠군. 그런 고생을 하며 여기까지 저런 소수 인원으로 올라온 이유가 무엇일까?"

독백과 같은 물음에 답하는 이는 없었다. 피월려도, 초류선도, 주하도 후빙빙과 관련된 천마신교 내부의 일에는 그리 밝지 못했기 때문이다.

박소을은 말을 이으며 피월려를 보았다.

"하여간 추천을 해주겠단 약조를 받았으니, 일대주는 시일이 되면 본부로 내려가 장로가 되면 되오."

피월려는 잠시 말이 없다가 곧 작은 목소리로 물었다.

"천 공자도 나오는 것이 확실합니까?"

"그렇소."

"결국 싸우겠군요. 총주님의 뜻입니까?"

"거절할 수 없는 부탁을 받은 것이오. 내 뜻이 아니라 그의 독자적인 선택이지. 전대교주 이후 몰락한 현천가의 입지를 다시 다지고자 장로의 자리에 도전하는 듯하오. 현 교주에게 심한 견제를 당하는 현천가의 마인들에게 희망의 빛이 되고자 하는 것이겠지."

"……."

"죽이지 마시오."

"……."

"명이외다."

피월려의 얼굴 근육이 살짝 비틀어졌으나, 그는 아무런 불만의 말도 하지 않았다.

* * *

인시 초.

피월려와 일행은 마차를 타고 낙양을 향해 올라가고 있었다.

피월려는 황금천에서 있었던 일 중, 아직 생각을 나누지 못한 것 하나를 기억했다. 다름 아닌 정충과 이소운의 관계였다.

피월려가 물었다.

"총주께선 향검과 검선의 관계를 어떻게 보십니까?"

박소을은 피월려의 말을 듣고 무언가 생각났다는 듯 작은 탄성을 냈다.

"아, 그렇지! 사실 황금천의 일로 본 교에서 얻은 가장 큰 수확이 바로 그들의 껄끄러운 관계를 알게 된 것이오."

"거의 적처럼 보였습니다."

"그러나 일단은 대의를 위해 협력하는 관계이긴 하오. 여차하면 협력하여 우리를 맞상대하겠다는 말을 했었지. 향검의 말로 추측하건대, 그는 검선이 소림파의 멸문에 관여했다는 사실을 알고 분개한 듯하오."

"이상한 점은 소림파를 멸문시킨 건 본 교라는 겁니다. 검선은 그저 암묵적으로 동의한 것뿐입니다. 그럼에도 향검은 검선에게 더 책임이 있다고 생각하는 듯 보였습니다만."

"같은 구파일방이 암묵적인 동의한 것에 대해서 배신이라고 느꼈을 것이오. 검선이 무당파의 영향력을 키우려는 개인적인 욕심 때문에 무림의 태산인 소림파를 버렸다는 소식을 들었다면, 아마 향검의 성정상 도저히 용서할 수 없을 것이오. 또 한편으로는 이를 본 교의 영역에서 대놓고 드러낸 것을 보면, 하나의 연극일 수도 있겠다는 생각은 드오."

피월려는 고개를 저었다. 그는 향검의 언동에 진심을 느꼈고, 용안으로 다른 이상한 점을 찾지 못했었다.

"그것은 아닐 겁니다. 태극지혈 두 자루를 모두 탐내는 검선의 욕심에 환멸을 느껴서 평정심을 잃은 것 같았습니다. 연극이라기엔……."

"진심이 너무 잘 느껴졌지."

"그런데 그럼에도 매화검수들을 파견하겠다는 향검의 의중을 모르겠습니다."

박소을이 설명했다.

"본 교에 앙금이 없는 건 아니오. 일대주가 말했다시피 소림파를 멸문한 건 다름 아닌 본 교이니 말이오. 개인적으론 검선에게 환멸을 느낄지언정 자칫 잘못하면 마도천하가 될 수 있는 현 상황에서 무림맹에 반기를 들긴 어려웠을 것이오."

피월려는 수긍했다. 그러나 곧 다른 생각이 나, 나지막하게 물었다.

"그 정보를… 어디서 들었다고 생각하십니까?"

"나 부교주 아니겠소? 유언을 남겼다지만, 내가 봤을 땐 얼굴을 마주 보고 대화를 한 것일 것이오. 부교주에게 직접 유언을 지키겠노라고 맹세라도 하지 않았다면, 황금천까지 와서 태극지혈을 일대주에게 넘기는 과감한 행동을 했겠소?"

"그럼 나 선배는 살아 있는 것이 확실하군요."

"아니, 오히려 나는 그 때문에 그가 죽었다는 쪽으로 생각이 바뀌었소."

피월려의 미간이 좁아졌다.

"어떻게 말입니까?"

박소을은 깊은 눈빛으로 땅을 보며 침묵을 지키다, 이내 낮은 음조로 중얼거렸다.

"이런저런 핑계는 댔지만, 향검이 일대주에게 검을 준 건 이익을 위해서가 아니라 신념을 위해서 그런 것 같았소. 부교주가 유언을 남기고 눈앞에서 깔끔히 자결이라도 하지 않고서야, 향검으로 하여금 그 정도의 신념을 가지게 할 수 있었겠소? 자결이 아니더라도, 다시는 무림에 나오지 않겠다는 조건 정도는 걸었을 것이오."

"……."

"단순히 약속을 소중히 생각하기에, 적지까지 와서 전설적인 검을 넘긴다? 이건 단순히 부교주의 유언이기 때문에 들어줬다고 생각할 수 없소. 뭔가… 더 있어야 하오. 내 생각엔 그것이 부교주의 희생이라 생각하오."

그 말을 들은 피월려의 표정이 좋지 않았다. 아무리 생각해도 억측으로 들렸기 때문이다.

"나 선배께서 목숨을 걸고서라도 제게 검을 주고 싶었다는 말입니까? 나 선배는 그런 사람이 아닙니다."

"그리고 검봉에게도 주고 싶었겠지. 내 생각에 유언은 검봉과 일대주에게 각각 하나씩 검을 남겨달라 한 것일 것이오. 그걸 맹주가 뺏으려 든 것이고. 그래서 평정심을 잃을 만큼 화가 났겠지. 그러나 태극지혈이 무당파의 소유임은 자명한 사실. 그래서 하나를 포기한 듯하오."

"너무 억측이 심합니다. 그랬다면 그냥 검봉의 것이 아닌 제 것을 주었으면 좋지 않습니까? 애초에 제 것을 주었으면 황금천에 올 필요도 없습니다."

"나지오에게 정이 없는 검봉은 그 검을 바라지도 않았소. 아마 결국 검선의 손에 그냥 들어갔겠지. 그래서 검선의 손이 미치지 못하는 일대주에게 하나라도 준 것일 것이오. 그러고 보니 그가 일대주에게 검을 넘긴 시점도 검선이 두 자루 다 탐내려고 한 직후 아니오? 생각할수록 내 추측이 더 맞는 듯하오만."

"향검이 스스로 나지오를 죽였다고 암시하지 않았습니까? 화산의 제자도 살생이 가능하다면서……."

"무슨 암시? 나지오가 죽었다는 표현만 반복할 뿐이었소. 그것이 어찌 향검이 그를 죽인 것처럼 암시를 한 것이라는 것이오?"

"……."

피월려는 반박하지 않았지만 동의할 수 없다는 표정이었

다. 그것을 보고 박소을이 물었다.

"나지오에게 남은 것이 검 말고 뭐가 있단 말이오? 입신에
올랐지만, 그에게 남은 건 검 두 자루밖에 없었소."

"……."

이건 피월려도 반박할 수 없었다. 찡그린 표정은 점차 허무
함으로 물들기 시작했다.

박소을이 말을 이었다.

"그도 천생 무인이었소. 가진 건 검밖에 없는. 마땅히 제자
도 없었지. 아니… 피 대주를 제자처럼 생각했을 수도 있군."

"설마… 그런… 말도 안 됩… 니다."

말 한 마디를 할 때마다, 나지오의 목소리가 들리는 듯했
다.

"조화경이란 소우주와 대우주의 소통이 이뤄지고, 그 흐름에
걸림돌이 존재하지 않게 되는 거야. 그러다 보니 자아가 희석되
고 투명해지지."

설마…….

"그래, 애다. 네놈이 보태준 거 있냐? 입신은커녕 지마도 제대
로 못 이룬 놈이 어디서 까불어?"

아니다…….

"절정고수는 셋 중 하나만 이룩한 사람을 뜻하지. 입신의 고수는 이 셋을 모두 절정까지 끌어올린 것이고. 그런 논리로 말하면 초절정도 셋 중 두 개만 절정에 이른 사람이라 말할 수 있어."

그럴 리가…….
태극지혈을 붙잡은 손아귀에 힘줄이 돋아나고.
깜박이지 못하는 눈의 실핏줄이 붉어지고.
거칠어진 호흡은 불안정한 숨소리를 내었다.
결심한 눈빛이 박소을을 보았을 때, 박소을은 단호히 고개를 저었다.

"절대 불가이오."

"하지만……."

"화산파에 가서 뭘 어쩌겠다는 것이오? 그쪽에서 이미 죽었다 말했소. 그 뜻은 살아 있다 해도 다시는 찾지 말라는 말과 일맥상통. 화산에 올라간다 한들 그를 만날 수 없을 것이오."

"……."

"일대주답지 못하군. 앞으로 장로의 자리에도 올라가야 하는 만큼 항상 감정을 추스르고 신중히 생각해야 할 것이오."

이성적으로는 박소을의 말이 누구보다 맞다는 것을 잘 알았다.

그러나 피월려는 마음속에서 울컥하는 감정을 추스르기 힘들었다.

아니, 추스르려면 용안을 사용하여 얼마든지 추스를 수 있다.

단지 추스르기 싫다.

"급보입니다."

어색한 기류를 일깨우는 소리가 마부석 쪽에서 들렸다.

박소을이 말했다.

"말하시오."

박소을은 누구에게도 하대하지 않고 하오체를 쓰는 말투를 고집한다.

마조대원은 그 말버릇을 몰랐는지 당황하여 말끝을 흐렸다.

"그… 저… 보, 보고에 의하면, 수상한 세력들이 낙양 남쪽에 밀집해 있다고 합… 니다만……."

"백도이오?"

"아닙니다. 흑도세력입니다. 문제는 그것이 아니라, 그 무리 중 변장을 한 능수지통(能手知通) 제갈토가 포착되었다는 보고입니다."

피월려와 박소을이 동시에 목소리를 냈다.

"제갈토?"

"제갈토?"

현 무림맹의 책사로 알려진 제갈토는 제갈세가의 가주로 무림에서 가장 지략이 뛰어나다고 잘 알려져 있었다.

천마신교의 책사인 극악마뇌 사무조도 그를 자기보다 위로 평가했다.

마조대원은 자신감이 없는 말투로 말을 이었다.

"마조대 내부에서도 믿을 수 없어 몇 번이나 다른 대원을 보내 다시 확인했는데, 그때마다 제갈토가 확실하다는 보고가 있었습니다."

피월려가 말했다.

"황금천의 일로 시선이 돌아간 틈을 이용하여 무언가 꾸미는 것이 분명합니다."

박소을은 턱을 쓸며 말했다.

"함정을 파고 있는 것이겠지."

"제가 가겠습니다."

"이 자체가 함정일 수도 있소."

"상대는 제갈토입니다. 낙양 밖이기 때문에 황궁도 관여하기 어렵습니다. 지금과 같은 천재일우의 기회는 없습니다."

"그렇기에 더더욱 함정일 수 있소."

"백도세력이 전 낙양지부를 공격하기 전에도 제갈토가 직접 각각의 백도세력에 방문하여 공격대를 꾸렸습니다. 이번에도 홀로 은밀히 움직이고 있는 것이 틀림없습니다."

"백도와 황궁에게 명분을 줄 수 없다는 건 일대주 본인의 말이오. 지금 지부의 마인들을 대거 낙양의 남쪽으로 움직일 순 없소."

피월려가 밖에 있는 마조대원에게 물었다.

"모여 있는 세력 중 백도의 세력은 얼마나 되지?"

"없습니다. 모두 흑도세력이며, 그 안에서 은밀히 위장한 제갈토가 호위무사로 보이는 다른 한 명의 고수와 함께 천천히 낙양 쪽으로 올라가고 있습니다."

"낙양에 도착하기까지 얼마나 걸리나?"

"범인이 걷는 수준으로 느리게 올라오고 있습니다. 일출(日出) 전에는 낙양에 도착할 것이라 보고 있으니, 현 시각으로부턴 대략 한 시진 정도 남았습니다."

피월려는 박소을에게 고개를 돌렸다.

"만약 함정이라도, 혼자 호위무사 한 명만 대동하고 있다면 스스로의 목숨까지 내놓고 펼친 함정입니다. 그건 함정이 아니라 승부! 응당 응해야 합니다."

박소을은 고민했다.

"확실히… 제갈토가 낙양에 입성하면 우리 쪽에서 쓸 수 있는 수가 매우 제한적이긴 하오. 지부의 고수를 투입할 수는 없고, 살수를 써야겠소. 이대주, 지금 당장 투입할 수 있는 요원이 얼마나 되오?"

초류선은 모습을 드러내고 부복했다.

"이대원으론 능수지통의 암살이 불가능합니다. 말존대에서 이미 수차례 시도했습니다만, 모두 실패했었습니다."

"왜 그렇소?"

"기문둔갑은 암공의 극상성입니다. 어떠한 암공으로도 진법의 고수에게 은밀히 다가가는 것은 불가능합니다. 암공을 활용할 수 없다면 이대원들의 암살력은 인마급 고수보다도 못하니, 이대원들로는 절대 암살을 성공할 수 없습니다."

새로운 사실에 피월려가 눈을 동그랗게 떴다.

"진법이 암공에 극상성인 건 이번에 처음 알았소."

초류선이 그를 보며 말했다.

"암공은 진법에 그 기반을 두고 있습니다. 진법의 고수라면 몸을 숨기거나 환영을 만드는 건 암공의 고수보다 훨씬 쉬이 할 수 있습니다. 또한 적이 펼친 암공을 조작하는 것도 가능합니다."

피월려는 제갈미를 떠올렸다. 전에 그녀는 실제 같은 환영을 만들기도 했고, 완전히 몸을 숨기기도 했다. 암공을 익힌 원설에게 가시 돋친 말을 하면서도 전혀 두려움이 없었다. 이제 보니 암공을 충분히 상대할 수 있다는 자신감에 그랬을 것이다.

그러나 진법은 암공처럼 즉시 펼칠 수 있는 것이 아니라, 시간을 들여 짜야 한다.

피월려가 물었다.

"진법은 암공과 다르게 준비하는 시간이 걸리지 않소?"

"그걸 노리고 암살을 했음에도 암공을 펼친 말존대원들이 전부 말살당했습니다. 자기가 숨은 어둠 속에 삼켜져 시체를 남기지도 못하고 육신 자체가 지워진 자도 있습니다. 그가 무슨 수를 쓰는지 전혀 알 수 없어 말존대에서도 그를 암살 불가로 선정했습니다."

제갈미의 말에 의하면, 능수지통은 진법 방면에서 중원제 일이다. 그러니 진법을 짜는 시간이 길다는 점도 그에겐 적용되지 않을 수 있다.

박소을이 나지막하게 중얼거렸다.

"그 때문에 홀로 은밀히 다니는 데 두려움이 없군. 백도 영역 내에서라면 조심할 건 암살밖에 없으니까."

피월려가 자신 있게 말했다.

"제가 가겠습니다."

"일대주가 말이오?"

"진법의 고수이니 하수가 많이 움직인다고 잡을 수 있는 상대가 아닙니다. 또한 암살을 할 수 없으니 정면에서 싸워야 하는데, 적어도 지마급이 아니면 도움조차 못 됩니다. 그럴 바에 제가 직접 움직이는 게 났습니다."

"다시 말하지만 함정일 수 있소."

"그렇다 하더라고 시도할 가치가 있습니다."

"……"

"총주님께서 움직이실 수는 없습니다. 본 교의 천마급 고수 중 당장 능수지통을 잡을 수 있는 고수가 저 말고 누가 있습니까? 전 마기도 잘 풍기지 않습니다. 나중에 책잡힐 가능성도 적습니다."

박소을은 함정일 것이란 생각을 지울 수 없었다. 그러나 능수지통이라면 함정인 것을 알고서라도 시도할 만할 정도로 큰 미끼이긴 하다. 따라서 피월려의 말대로 그것은 함정이 아닌 승부다.

"적어도 일대원들을 대동하는 것이 좋을 것이오."

"한 시진밖에 없습니다. 제가 먼저 가 시간을 끌 테니, 나중에 지원으로 보내주십시오."

그 말을 들은 박소을은 심사숙고 끝에 결정을 내렸다.

"좋소. 제갈미를 가장 먼저 서둘러 보내겠소. 그러니 진법에 빠질 것 같거든 절대 무리하지 말고 그녀의 지원을 기다리시오."

피월려는 포권을 취했다.

"존명!"

그는 몸을 일으키며 주하에게 전음을 보냈다.

[주 대원은 이곳에 남으시오. 같이 가고 싶어 하는 건 알지만, 이대주의 말을 듣고 보니 주 대원은 지부에서 기다리는 것이 좋겠소.]

주하는 속으로 발끈했지만, 초류선의 말이 사실이라는 건 본인이 더 잘 알았다.

그녀는 결국 풀이 죽은 목소리로 존명이라 대답할 수밖에 없었다.

[존명.]

[지부에서 봅시다.]

피월려가 마차 밖으로 나오자 마조대원이 그에게 말했다.

"앞장서겠습니다."

마조대원은 경공을 펼쳐 한쪽으로 사라졌고, 피월려는 전력을 다해 그를 좇아갔다.

기우뚱기우뚱하는 뒷모습을 창밖으로 보며 박소을이 중얼거렸다.

"저 모습을 보니, 내 판단이 옳은 것인지 의문이 드는군.

혹시 모르니, 제삼대의 힘을 빌리는 것이 좋지 않겠소?"

초류선도 박소을의 시선을 좇으며 말했다.

"제삼대의 고수들은 너무 진한 마기를 풍기니 이런 임무에 쓰기 어렵습니다. 걱정하지 마십시오. 허상(虛像)의 공부인 진법이 직시(直視)의 공부인 용안을 이길 순 없을 것입니다. 만에 하나라도 목숨을 잃진 않을 겁니다."

다행히 그녀의 말처럼 피월려는 목숨을 잃지 않았다.

목숨은……

*　　　*　　　*

"일대주를 뵈옵니다."

"일대주를 뵈옵니다."

산 중턱에는 전서구 다섯 마리 정도를 다루며 여러 서찰을 살펴보고 있던 마조대원 두 명이 있었다.

변변치 못한 마기를 지닌 그들은 전력에 보탬이 되긴 힘들어 보였다.

피월려가 물었다.

"현 상황이 어떠하지?"

마조대원 중 나이가 환갑을 넘었을 것 같은 남자가 지도를 꺼내며 이천(伊川)을 가리켰다.

"이천에 막 당도한 듯싶습니다. 그런데 이상한 점이, 그곳에서 멈추지 않고 계속 북쪽으로 향하고 있다는 정보입니다. 보고된 걸로 알고 있습니다만, 받아 보셨습니까?"

피월려는 순간 자기가 잘못 들었다고 생각했다.

"받았지. 그래서 온 것이다. 그런데 그게 왜 이상한 정보인가? 이런 간밤에 움직였다면 해가 뜰 때까지 계속해서 움직이는 게 당연한 것 아닌가? 그들이 이천에서 멈춰야 할 이유라도 있나?"

피월려를 인도한 마조대원이 설명했다.

"그들의 행적을 조사하니, 단 한 번도 고을에서 그냥 지나친 적이 없었습니다. 지금까지 항상 은밀하게 움직이기 위해서 느린 행보를 계속 이어왔습니다."

"낙양에 도착하기 직전이니, 하나쯤 건너뛸 수 있다."

"낙양이 능수지통의 행보의 도착점이라는 심증이 있으십니까?"

"그건……."

피월려는 말끝을 흐렸다. 현 중원의 가장 큰 일들이 낙양에서 벌어지고 있으니, 자기도 모르게 제갈토의 목적지가 낙양이라고 생각해 버린 것이다. 하지만 그뿐, 사실 어떠한 심증도 없었다.

늙은 마조대원이 말을 이었다.

"낙양은 다양한 세력이 섞여 있는 만큼 그 안에서 활동하는 건 은밀함을 포기할 수밖에 없습니다. 능수지통은 이런 곳에 스스로 들어가 자기의 위치를 노출하는 성격이 아닙니다. 차라리 이천이나 낙녕에 거점을 잡고 소식통으로 연락하며 일을 진행하는 것이 그가 평소 보여준 행동 양식과 부합한다 말할 수 있습니다."

"그런데 서둘러 낙양으로 들어간다……. 그래서 이상하다는 것이군. 혹 낙양에 무슨 일이 터진 것인가?"

"그보다는, 이쪽의 행동을 읽었을 가능성이 더 큽니다."

피월려는 당황한 표정을 지었다.

"설마. 그를 잡으려는 결정은 바로 직전에 내려졌다."

그 마조대원은 반쯤 벗겨진 머리에서 흰 머리카락 하나를 손가락으로 둘둘 말며 중얼거렸다.

"상대는 능수지통입니다. 자신의 위치를 본 교에서 발견했다는 걸 눈치챈 순간부터 자기가 위험할 수 있다는 생각을 하기까지 걸린 시간은 찰나보다 짧을 겁니다. 사건의 전후가 바뀐 듯한 위화감은 최대한 무시하십시오. 그것이 능수지통과 같이 심계에 통달한 자를 그나마 상대할 수 있는 방법입니다."

"……"

"어떻게 하시겠습니까? 이대로라면, 보고드린 대로 해가 뜨기 전에 낙양에 입성할 겁니다."

피월려는 이미 결정을 내린 후였다.

"그럼 현재 능수지통이 움직이는 건 본 교의 손아귀로부터 도주하기 위해서라고 봐도 무방한가?

"일단은 그렇게 보입니다만, 능수지통의 생각을 어찌 알겠습니까? 지금 저희가 하는 말과 행동조차 그가 유도하는 것일 수 있습니다."

그 늙은 마조대원은 피월려가 평생 본 적이 없는 눈빛으로 그를 보고 있었다.

그윽하게 가라앉았지만 무인처럼 강렬하기 짝이 없는 눈빛. 그리고 그 속에 섞인 지독한 패배 의식과 감정의 한 올조차 지워낸 초연함까지.

환갑이 넘는 세월 동안 마조대원으로 활동하며 얼마나 많이 능수지통을 상대했겠는가? 그리고 또 얼마나 많은 패배를 맛보았겠는가?

그건 단순히 패배 의식이라 치부할 눈빛이 아니었다. 패배 의식조차도 견고히 다져져 하나의 날카로운 감각이 된 듯싶었다.

피월려는 그 지혜를 빌리고 싶었다.

"제갈미와 다른 제일대가 투입될 때까지 시간을 벌어야 한다. 그리고 그를 위해선 내가 직접 맞상대하는 것 외에는 다

제칠십육장(第七十六章) 39

른 수가 없는 듯하고. 이 또한 능수지통이 유도한 것이라 보는가?"

"능수지통은 심계에 있어 완벽한 자입니다. 그 완벽함 때문에 딱 한 가지, 무조건 알 수 있는 게 있습니다."

"그것이 무엇이지?"

"앞으로 나아가는 길이 하나라면 반드시 그가 유도한 것이란 겁니다."

"하나가 아니다. 지금 당장 추적을 멈추고 작전을 취소할 수도 있지."

"그건 앞으로 가는 길이 아닙니다. 되돌아 걷는 것입니다."

"……."

"눈빛을 보니, 일대주께선 이미 결정을 내리신 듯합니다만?"

피월려는 침묵으로 긍정했다.

그가 물었다.

"어디로 가면 능수지통과 조우하게 되나?"

그 마조대원은 이천과 낙양 사이에 있는 곳을 가리켰다.

"여기에 이름 없는 한 폭포가 있습니다. 그곳에 마조대원이 있습니다. 여기서 동북쪽으로 가다 보면 폭포 소리가 들려 찾기 쉬우실 겁니다. 그에게 물으면 좀 더 정확한 위치를 들으실 수 있습니다."

"알겠다."

"무운을 빕니다."

피월려는 지체 없이 몸을 날렸다.

한 식경쯤 경공을 펼치자, 마조대원이 말한 대로 폭포 소리가 들리기 시작했다. 겨우 귀를 간지럽히는 정도이지만, 밤의 고요함과 무림인의 청력으로 피월려는 그것이 폭포임을 알 수 있었다.

그는 경공을 멈추고 조금 빠른 발걸음으로 폭포로 향했다. 우거진 숲에는 사람이 걸을 수 있는 길이 없었지만, 엽인의 지식으로 짐승의 길을 찾아 이용했다.

피월려가 폭포에 도착하자, 그의 기운을 느낀 마조대원이 이미 강변에 서서 그를 기다리고 있었다. 그는 중년으로 보였는데, 몸이 말라 흡사 막대기 같았다.

"일대주를 뵈옵니다."

그 마조대원의 표정을 본 피월려는 뭔가 잘못되었다는 걸 즉시 알 수 있었다.

이미 생기를 완전히 잃어버려 죽음을 기다리는 사람의 것과 같았기 때문이다.

"무슨 일이지?"

"바로 직전 그쪽에서 전서구가 도착했습니다만, 두 다리가 부러져 있었습니다."

"다리가?"

"마조대원은 죽기 직전 주변에 자기 죽음을 알리기 위해서 가진 전서구의 두 다리를 부러뜨립니다. 그러면 그 전서구는 살기 위해서 주변에 위치를 노출한 마조대원을 찾아갑니다. 아마 일대주께서 뵌 다른 세 분도 모두 죽었을 겁니다."

"그, 그런……."

"또한 다른 전서구들도 사방에서 날아왔습니다. 전부 다리가 부러져 있습니다. 이는 이 일대 마조대원들이 모두 죽었고, 저만 살아남은 것입니다."

피월려의 얼굴이 굳었다.

"누가 우리를 포위했다는 말이오?"

"포위를 당했다는 말을 일대주에게 전할 방법이 없었습니다. 죄송합니다."

푸드득.

때마침 전서구 한 마리가 그 마조대원에게 도착했다.

그 전서구의 다리도 부러져 있었고, 그 마조대원은 미련 없이 그 전서구의 목을 비틀었다. 그러곤 힘없이 바닥에 버리는데, 이제 보니 그 아래 비둘기 시체로 보이는 것들이 수십 개나 널브러져 있었다.

"왜……."

"전서구의 움직임을 더는 쫓게 만들 수 없습니다. 제 선에서 끊어야 합니다."

"……."

"백도세력은 없었으니, 아마 저희를 포위한 건 흑도세력일 겁니다. 이런 한밤에 마조대를 압도할 정도로 산을 잘 아는 흑도세력은 한 곳밖에 없습니다."

피월려는 바로 그곳을 떠올릴 수 있었다.

"녹림(綠林)."

"길도 없는 산속에선 그들에게 이길 수 없습니다. 철저하게 당했습니다."

"그들이 왜 능수지통을 도와준다는 말이오?"

"간단하지 않습니까?"

피월려는 즉시 답을 깨닫고는 힘없이 중얼거렸다.

"나로군. 야랑채의 복수를 하려는 것이야."

"그들이 설마 본 교를 향해 칼을 꺼낼지는 몰랐습니다만, 능수지통의 혓바닥이라면 그들을 설득하는 것도 불가능하진 않습니다."

그는 허무한 목소리로 중얼거렸다.

"단순히 함정을 판 것이 아니라, 아예 나를 노리고 만든 것이군."

마조대원은 물끄러미 피월려를 보며 그의 기분을 살폈다. 그의 눈빛에서 느껴지는 건 단순한 후회 정도… 조금의 두려움도 찾아볼 수 없었다.

그럼 가능성이 있다.

마조대원이 피월려에게 말했다.

"희망은 있습니다. 이곳은 낙양에서 멀지 않습니다. 직선거리로 겨우 이십 리. 몇 번 고비만 넘기면 충분히 빠져나갈 수 있을 겁니다. 혹 가능하시다면 절 업고 저 나무 꼭대기에 올라가실 수 있습니까? 젊은 날 마공이 폭주하여, 목숨만 겨우 건진 몸이라 간단한 경공조차 펼칠 수 없습니다."

그 마조대원이 가리킨 나무는 폭포의 틈새에 뿌리를 둔 것으로, 주변 나무들보다 월등히 높게 자라 홀로 삐쭉 튀어나와 있었다.

"주변 지리를 보려 하는 것이오?"

"잘하면 움직임을 볼 수도 있을 겁니다."

"알겠소."

피월려는 그 마조대원을 둘러업고 경공과 금강부동신법을 같이 펼쳤다. 내력의 낭비가 있지만 어쩔 수 없다. 나무의 꼭대기까지 사람을 업고 경공만으로 올라갈 수준은 못 된다.

몇 번의 도약으로 나무 꼭대기에 올라간 피월려는 눈에 힘을 주어 주변을 살폈다.

고요한 새벽의 청량함이 한껏 고조되며 숲 전체가 한눈에 들어왔다.

눈을 좁히니 낙양 시내까지 보이는 것이, 정말로 직선거리가 그리 멀지 않은 듯했다.

바람에 흔들리는 나무들과 듬성듬성 보이는 동산. 한눈에 반도 들어오지 않는 장관에 피월려는 좀처럼 집중을 할 수가 없었다.

그러나 마조대원은 이미 파악을 끝냈는지 빠르게 여러 곳을 가리키며 말을 이었다.

"저곳과 저곳. 그리고 저곳에 움직임이 있었습니다. 적어도 다섯 이상. 길이 없는 이 우거진 숲속을 저런 속도로 올 수 있는 건 사람이 아닐 가능성이 큽니다. 동물들을 보낸 걸 보면 녹림이 확실합니다."

"잠깐!"

"무슨 일이십니까?"

피월려는 낙양 쪽에 있는 어떤 한 건물을 가리켰다.

"저 건물… 이상하지 않소? 마치 칼에 베인 것처럼 사선으로 갈라져 있소."

그 마조대원이 보니, 확실히 그렇게 보였다. 건물이 일자로 잘 올라가다가 꼭대기 지점쯤에서 대각선으로 흐릿하게 갈라져 당장에라도 옆으로 미끄러져 무너질 것처럼 보였다.

"참으로 기이한 현상입니다."

"저 건물은 무엇이오?"

"무림맹으로 알고 있습니다. 북쪽에 있지만 높이가 높아 여기서도 보이는군요."

"무림맹?"

뭔가 심상치 않은 기분을 느낀 피월려는 용안의 도움을 받아 시력을 한계 이상으로 끌어 올렸다. 시야에 잡힌 색과 선이 선명해지면서 수십 리까지도 보이는 수준이 되자, 피월려는 무림맹 건물 가장 꼭대기에서 도도하게 서 있는 흰색의 학 한 마리를 볼 수 있었다.

그 학은 달빛 아래서 한쪽 다리를 들고 그 아름다운 자태를 뽐내고 있었다.

백학(白鶴)?

피월려는 다시 눈을 좁혔다.

그러자 다리는 검이 되었고, 백학은 백의를 입은 남자가 되었다.

천하제일검!

이소운!

그의 무시무시한 두 눈은 정확히 피월려를 보고 있었다.

피월려는 얼이 빠진 듯한 기분을 느꼈다.

"이 밤중에… 이십 리인데……. 말도 안 돼……."

흐릿한 사선의 크기는 어느새 커져, 건물을 가르는 것뿐만 아니라 피월려의 시야 전체를 가르고 있었다.

서걱.

피월려는 가장 먼저 어깨가 가벼워진 것을 느꼈다.

그리고 상황을 판단하지 못한 채 눈을 껌벅이며 떨어지는 마조대원의 머리통이 피월려의 시야를 위에서부터 가려왔다.

바짝 선 머리카락.

꿈틀거리는 눈.

벌렁거리는 코.

하얗게 변한 입.

벌어진 턱.

그리고 깨끗하게 잘린 목.

피슈숫!

머리가 없는 몸통에서 피가 뿜어지며 피월려의 몸을 피로 적셨다.

진한 혈향이 새벽의 공기를 타고 빠르게 흩어졌다.

아— 우!

아— 우!

죽음의 냄새를 맡은 늑대들이 사방에서 울었다.

"유풍살(柔風殺)!"

무당파의 자랑인 유풍살은 중원 최장거리의 검기상인 수법이다.

초절정고수라면 백 장까지도 검기상인이 가능하다. 그런데 이십 리라니……. 아무리 무당파 조화경의 고수가 비보인 태극지혈을 가지고 펼쳤다고는 하나 이십 리를 넘어 검기상인이 가능하다?

피월려는 왼손으로 머리를 쾅 하고 내려쳤다.

아서라!

지금은 목숨이 위험한 상황!

놀라고 있는 것도 사치!

벌써 흐릿한 사선 두어 개가 시야에 잡혔다.

더 이상 위에 있을 수는 없다.

"그래도 날아오는 시간이 좀 걸리는군……."

피월려는 미련 없이 뛰어 폭포 아래로 내려왔다. 공중에서 떨어지는데, 그의 바로 아래에서 무언가가 물을 뚫고 거칠게 솟아올라 왔다. 그것은 예사롭지 않은 기운을 품은 날카로운 검이었다.

위에는 유풍살.

아래는 검.

피월려는 눈을 감고 심검을 펼쳤다.

왼쪽 어깨!

피월려는 몸을 오른쪽으로 돌리면서 태극지혈을 손아귀에 쥐었다. 그리고 회전력을 바탕으로 검을 옆으로 쳐내었다.

휘이익!

빠르게 돌아간 태극지혈은 아무것도 쳐내지 못했다. 빠른 속도로 올라오던 검이 순식간에 감속한 것이다. 중간에 멈춰 선 그것은 다시 속력을 내며 위로 솟았다.

이래선 피할 수 없다.

피월려는 어깨에 있던 마조대원의 몸뚱이를 잡아 끌어내리며 그것을 방패처럼 활용했다.

푸숙!

시체를 가볍게 뚫은 검은 피월려의 허벅지에도 상처를 내며 파고들었다.

다행히 상처가 깊지 않아 그 시체를 밟고 다시 도약하는 데 큰 무리는 없었다.

풍덩!

세찬 급류가 몸을 때리니 정신이 혼미해지는 고통이 전신에서 느껴졌다.

그는 생각보다 빠른 급류에 몸의 균형을 찾으려 안간힘을 썼다.

그러나 도저히 불가능하다는 것을 깨닫고는 차라리 내력을 발산하여 아래로 더 깊이 잠수했다.

귀가 터질 것 같았지만 물살은 느려졌고, 곧 바닥에 두 다리가 닿았다.

다리를 뻗고 서자, 이제 좀 아래위를 분간할 수 있었다. 즉시 그는 심검을 펼쳐 적을 찾았다.

놀랍게도 적은 피월려의 바로 앞에서 검을 내지르고 있었다.

이만한 급류에도 피월려를 놓치지 않고 따라온 적의 의지는 자기의 목숨을 전혀 생각하지 않는 듯했다. 이 정도의 집착이면 저승까지도 따라오리라.

희소식은 물속이라 검의 속도가 빠르지 않다는 것이다. 피월려는 두 다리를 차서 빠르게 위로 부상하기 시작했다. 검이 허무하게 앞으로 가르고 지나가자, 적은 또다시 검을 위로 휘두르며 검기를 뿌렸다.

피월려는 황당했다. 설마 적이 물속에서 검기를 뿌릴 줄은 몰랐기 때문이다.

물속의 검기는 위력도 떨어지고, 속도도 떨어지고, 얼마 안가 저절로 소멸해 버린다.

중원에서 웬만해선 찾아볼 수 없는 수검공(水劍功)의 고수가 아니라면 물속에서 검기를 쏘는 건 반탄지기만큼이나 비효율적인 것이다.

순간 수검공의 고수가 아닌가 하는 의심을 했지만 검기로 미루어봤을 때, 적도 수검공이 아닌 평범한 검공을 익힌 것이 분명했다.

도대체 무슨 원한인가?

피월려는 태극지혈에 내력을 담아 미약해진 검기를 수월히 소멸시켰다. 그러곤 혹시 모르는 가능성을 배제할 수 없어, 전력을 다해 물 밖으로 벗어났다.

"푸— 하!"

숨을 깊게 들이쉰 후, 금강부동신법을 펼쳐 강물을 박차고 강가로 나왔다.

그렇게 호흡을 고르는데, 적은 태연하게 수영하여 반대편 쪽에서 나타났다.

피월려는 그의 등 뒤로 검기를 연달아 뿌렸는데, 그 적은 단 하나의 검기도 피하지 않고 검에 내력을 불어넣어 휘둘렀다.

캉! 캉! 카앙!

너무나 비효율인 움직임. 적은 내력의 낭비에 전혀 신경 쓰지 않는다.

오히려 그렇기에 피월려는 간담이 서늘할 정도로 살기를 느꼈다.

적은 방금 나무 위에서 마주친 검선의 것에 비견될 정도로 엄청난 안광으로 피월려를 노려보고 있었다.

신화경 고수의 안광과 비견될 정도의 것을 내뿜는 사내. 누구인가?

그 사내는 세상이 진동할 사자후를 터뜨렸다.

"나서허시마! 애 그르 누느로 나르 보느그아! 나르 이저느가! 나르!"

그 사내는 자기 가슴을 꽉꽉 치며 더욱 강력한 살기를 온몸에서 내뿜었다.

하늘에 이르는 그 살기는 무공 수위를 떠나서 인간이 가질 수 없는 수준이었다. 피월려는 그에게 이토록 원한을 품은 사람 중 목을 다친 인물을 생각해 봤지만 그간 너무 많은 일이 일어난 터라 기억나지 않았다.

"누구지? 내게 무슨 원한이 있나?"

그 말을 들은 적은 피눈물을 흘리며 마치 짐승처럼 울부짖었다.

"나느 아차사이다! 아차사! 기으하느냐! 나서허시마! 주으즈마…… 주으즈마…… 크힉! 크히히힉! 나느 어하느 하시도 이지아나다!"

그는 핏줄 선 왼손을 품속에 집어넣었다. 그러곤 어떤 주머니를 꺼내 그 속에 담긴 단약을 모조리 먹어치웠다. 하나하나 곱씹으며 피월려를 보곤 씨익 웃는데, 마지막으로 푸른색의 영웅건을 꺼내 이마에 묶었다.

푸른색 영웅건?

기억나는 인물이 있긴 하다. 그러나 이름까진 기억이 나질 않았다.

"낙양흑검 사건 때, 살아남은 청일문의 생존자로군."

적이 갑자기 또 울부짖었다.

"그 더러으 이으로 사무으 요브이지 마라아아아!"

그는 경공을 펼쳐 수면 위를 달려왔다.

팡! 팡! 팡!

수상비(水上飛)를 펼치는데 그건 수상비가 아닌 수상축(水上蹴)이라 해야 더 옳을 것이다. 발걸음 하나마다 뒤로 뿌려지는 물보라가 삼 장 위로 치솟아 달빛 무지개가 생길 지경이니 말이다.

피월려는 눈을 감고 태극지혈을 높이 들어 수상비를 방해하기 위해 좌우로 검기를 뿌렸다. 아니, 뿌리려 했다.

"크ㅡ 왕!"

양옆에서 달려드는 늑대들은 보통 늑대보다 두 배는 몸집이 컸다.

사람을 두려워하는 것이 아니라 먹이쯤으로 생각하는 눈에는 맹수의 냉혹함이 서려 있었다.

피월려는 검기를 뿌리려고 휘두르던 태극지혈에 무게를 실어, 그대로 앞으로 움직였다.

늑대들은 허공을 물곤 서로의 몸에 부딪치는 것처럼 보였다.

그러나 유연한 허리의 움직임으로 아슬아슬하게 교차하고

는 땅을 박차고 다시 입을 피월려에게 향했다.

네 발로 움직이는 짐승이 아니고서야 불가능한 회전이었다. 인간의 움직임에 익숙해 있던 터라 용안조차 그 움직임을 읽지 못했다. 또한 앞에서 창으로 찌르듯 검을 내지르는 청일문 고수.

일순간의 방심이 그를 절체절명의 순간으로 이끈 것이다.

반탄지기를 펼칠까?

피월려가 자문하자, 머릿속에서 후빙빙의 충고가 맴도는 듯했다.

자신의 젊음을 좀 더 믿거라.

피월려는 이를 악물었다.

부우웅!

극한으로 몰아붙인 태극지혈은 거대한 바람 소리를 내며 반월을 그렸다.

원래라면 날카로운 검날에 공기가 베어지는 소리가 나지만, 지금은 그가 검신을 직각으로 세워 휘두르는 것이다. 공기 저항을 최대로 받기에 회전 속도는 최하지만, 그로 인해 강력한 검풍이 두 늑대에게 불었다.

늑대들은 갑작스러운 바람에 겁을 집어먹고는 두 눈을 감았다.

그것을 확인한 피월려는 허리를 숙이면서 뒤로 날아오는

강력한 찌르기를 아래로 피했다.

퍼퍽!

피월려는 뒤쪽에서 머리로 들이박는 늑대들 때문에 다리에 힘이 풀렸다.

거대한 크기의 늑대는 성인 남성의 무게를 월등히 상회했고, 그런 두 늑대가 충돌하니 아무리 피월려라도 중심을 잃지 않을 수 없었다.

그나마 다행이라면 겁을 집어먹은 늑대들이 그를 물진 않았다는 것이다.

엄청난 충격 뒤에 앞으로 쓰러지듯 밀려난 피월려.

그의 앞에는 청일문 고수의 유연한 검공이 기다리고 있었다.

부드러운 물결처럼 흐르는 그 검은 피월려의 머리에 그 사내의 이름을 기억나게 만들었다.

왕창삼이던가…….

피월려는 심검을 펼쳤다.

이미 왼손에는 강력한 마기가 집중되었다. 이를 그대로 가지고 피월려는 금강부동신법을 펼쳐 왕창삼의 검격을 미리 피했다.

휘익!

날카로운 바람 소리를 내며 빗나간 왕창삼의 검 뒤에는 붉게 충혈된 채 반쯤 정신을 놓아버린 왕창삼의 눈이 있었다. 항상 이런 상황에서 피월려가 봤던 자들의 표정은 모두 죽음을 직감한 표정.

그러나 왕창삼은 자기가 죽는다는 사실조차 모르는 것 같았다.

무림인이 아니라 범인이라도 죽음이 찾아오는 그 순간에선 황홀경에 도달한다.

무림인이라면 말할 것도 없다. 그런데도 왕창삼에겐 황홀경에 도달한 표정이 전혀 보이지 않았다.

푹!

피월려의 왼손이 왕창삼의 가슴을 꿰뚫고 쿵쾅거리는 심장을 손아귀에 쥐었다.

쿵쾅, 쿵쾅.

심장박동은 마기에 휩싸인 마인의 것이라 해도 좋을 정도로 빠르게 뛰고 있었다.

피월려는 손아귀를 쥐었다.

"커헉, 컥."

피월려는 온 힘을 다해, 피를 토하는 왕창삼을 그대로 들어 왼쪽으로 다시 달려들려는 늑대를 향해 던졌다.

그 늑대는 네 발로 땅을 박차 직각으로 움직여 왕창삼을 피했다. 피월려는 그 즉시 태극지혈을 양손으로 붙잡고 마기를 집약하여 오른쪽에서 달려드는 늑대를 향해 검기를 쏘았다.

그 늑대 역시 옆으로 움직였지만, 반월을 그리는 검기를 옆으로 피할 순 없다.

위아래로 정확히 두 조각이 나는 그 늑대를 보며 다른 늑대는 순간 다리를 절었다. 피월려가 사냥감이 아닌 사냥꾼이란 사실을 인지한 것이다.

먹잇감이 된 늑대는 도망치려 했다. 그러나 지금껏 한 번도 자기가 먹잇감이 된 적이 없는 그 늑대는 어찌 도망쳐야 하는지 알지 못했다.

살아생전 사냥감을 사냥하는 훈련만 받았지, 도망치는 훈련을 받은 적이 없기 때문이다.

사람의 키보다 긴 태극지혈은 그 늑대의 입을 뚫고 들어가 아랫배까지 찢었다.

늑대는 곧 피거품을 물며 꼬꾸라졌다.

"왕창삼…….기억나는군. 그때는 호각이었는데 말이지. 이젠 이상한 약을 먹어도 반각도 안 걸리는군."

새삼스레 자기가 얼마나 강해졌는지 느낀 피월려는 묘한 감정에 휩싸였다.

그러나 곧 등 뒤에서 느껴지는 찌릿한 고통에 짧게 신음했다.

사람보다 큰 늑대 두 마리가 전력 질주 하여 몸을 그대로 들이박았으니, 이상이 없는 게 이상한 것이다.

피월려는 턱을 쓸었다.

과연 이것이 반탄지기를 아낄 만한 피해인가?

그의 경험과 계산으론 아니다. 그러나 오랜 시간 천마급에서 머무른 후빙빙의 조언이니 한번 시험해 볼 만하다.

피월려는 내력을 다스려 허리에 보냈다. 출혈같이 찢어진 것이 아니라 근육과 뼈에 무리가 간 것뿐이면 내력을 충만히 하는 것으로 어느 정도 완화될 수 있었다.

"뭘 그리 태연하게 서 있나, 낙성혈신마."

설마, 아니겠지.

피월려가 고개를 돌려 목소리가 난 쪽을 보았다.

그곳엔 깨끗한 의복을 입은 왕창삼이 서 있었다.

사지도 멀쩡했다.

침을 삼킨 피월려가 왕창삼의 심장을 터뜨렸던 곳으로 고개를 돌리니, 그곳에 처참하게 죽은 왕창삼의 시체가 그대로 있었다.

피월려는 자기도 모르게 숨을 내쉬었다.

"진법인가? 아니면 환술이라도 펼치는 건가? 심장이 꿰뚫리고 어찌 살아 있지?"

왕창삼은 검을 앞으로 뻗으며 말했다.

"무슨 뚱딴지같은 소리인가. 나는 이리 멀쩡한데."

"……"

"큭큭큭! 낙성혈신마! 내 사문의 복수를 해주마!"

"뭐, 죽이다 보면 알게 되겠지."

태극지혈을 잡은 피월려의 손아귀에 강한 마기가 흘러들어
갔다.

제칠십칠장(第七十七章)

청일문은 청일검수라는 인물이 이십여 년 전에 설립한 신생 문파로, 황룡무가 다음으로 낙양을 주름잡던 백도세력이었다.

청일검수의 독문무공인 수무검공(水舞劍功)을 바탕으로 낙양에 상주하던 낭인들을 끌어모아 큰 세력으로 성장했다.

관과의 관계를 중요시 여긴 청일검수는 많은 고수들을 이용하여 낙양의 치안을 담당하기까지 이르렀고, 각종 세력권에 직접적으로 개입하며 중소문파를 넘어선 덩치를 보유하게 되었다.

그들의 무공인 수무검공은 흐름을 중요시하는 검공으로 그 한없이 부드러운 흐름에 중(重)을 섞기 위해서 양손으로 검공을 펼치는 것이 특징이었다. 그렇게 두 가지 토끼를 모두 잡으면서 익히기도 수월한 수무검공은 낭인들을 순식간에 고수로 탈바꿈시켰다.

하지만 그뿐.

피월려는 죽일 때마다 나무 사이에서 다시 나타나는 왕창삼들을 상대하며 수무검공의 창시자인 청일검수가 기껏해야 절정 수준이라는 것을 느낄 수 있었다.

수무검공은 하수들에겐 대단해 보일지 모르지만, 검공 자체의 깊이가 너무 얕아 피월려의 심검 앞에 너무나도 무력했다.

애초에 중을 단순히 양손으로 검을 잡는 것으로 해결한다는 생각이 너무 유치하다.

중을 제대로 이해하지 못한 자가 그저 중을 흉내 내는 수준에 불과했다.

문파를 설립할 정도라면 적어도 초절정은 되어야 할 텐데, 절정 수준에 불과했던 청일검수가 청일문을 낙양에서 황룡무가 다음 수준으로 키워낸 것을 생각하면, 그는 무공보단 수완이 좋은 사람이었을 것이다.

"크아악!"

머리가 잘려 나간 왕창삼은 피를 토하며 옆으로 쓰러졌다.
그 모습을 보며 얼굴에 뿜어진 피를 소매로 훔친 피월려는
전혀 얼굴이 닦이지 않는 것을 느끼곤 눈을 떠 자기 소매를
보았다.

소매는 이미 피에 가득 젖어 그 아래로 핏물이 뚝뚝 떨어
지고 있었다.

그 정도라면 얼굴을 닦은 것이 아니라 되레 피를 묻힌 것
이다.

피월려는 질린 표정으로 그가 지나온 거리를 보았다.

하나, 둘, 셋……

"쉰넷. 참나."

머리가 잘려 죽은 왕창삼.

심장이 뚫린 왕창삼.

눈이 뽑힌 왕창삼.

나무가 반이고 왕창삼이 반이다.

피월려는 고개를 절레절레 흔들고는 다시 앞으로 걸었다.

북쪽으로 계속해서 걷다 보면 낙양이 나올 터.

그런데 몇 발자국을 더 걷던 피월려의 발걸음이 순간 멈췄
다.

"설마……"

피월려는 걸음을 바삐 했고, 귀를 간지럽히는 소리는 점차

커졌다. 그리고 그 소리가 커지는 만큼 피월려의 눈동자도 같이 켜졌다.

콰와와아아.

삼 장 높이에서 떨어지는 폭포 소리는 그 시원함을 담고 있었다.

그러나 피월려는 그 시원함을 서늘함으로 느낄 수밖에 없었다.

목이 잘린 마조대원의 몸뚱이.

심장이 뚫린 왕창삼.

베이고 찢긴 두 늑대.

그 모든 것이 그대로 있었다.

"벌써 오십 번이 넘게 날 죽였으면서 뭐가 그리 겁나는 표정을 지으시나, 낙양혈신마."

앞쪽에서 걸어오는 왕창삼을 보며 피월려 얼굴이 일그러졌다.

그는 경공을 펼쳐 빠르게 왕창삼에게 다가갔다.

그리고 즉시 그의 목을 베어버렸다.

"어이쿠. 또 죽였군."

뒤에서 들리는 목소리에 피월려는 격한 숨소리를 내었다.

"하아… 하아……"

맞은편 나무에서 나타난 왕창삼은 양옆에 늑대 두 마리를 데리고 있었다.

"이것으로 몇 번인가? 쉰여섯 번인가? 가물가물한데."

"……"

"오늘 넌 여기서 죽는다, 낙성혈신마. 아무리 나를 죽인다 한들 소용없다."

피월려는 씹어뱉듯 말했다.

"천 번은 더 죽일 수 있으니 걱정 마. 내가 이깟 진법에……"

진법?

피월려는 말을 멈추고 고개를 들어 하늘을 보았다.

밤하늘은 무성한 나뭇잎에 가려 잘 보이지 않았다.

반 시진… 아니 한 시진은 더 지났는데…….

피월려는 두 늑대를 데리고 있는 왕창삼을 보았다.

"일단은 치우고 시도해 봐야겠군."

피월려는 금강부동신법과 경공을 동시에 펼쳐 수상비로 빠르게 왕창삼에게 다가갔다.

뒤로 뻗은 태극지혈이 마치 전갈의 바짝 선 꼬리처럼 예기를 뿜내고 있었다.

침을 질질 흘리는 사나운 늑대들이 화살처럼 쏘아져 피월려를 향해 뛰었다.

그대로라면 피월려가 딱 수면에서 나오는 순간, 만날 것이 자명했다.

피월려는 강가에 도착하기 바로 직전 수면을 박차고 높게 뛰었다.

늑대들도 피월려를 향해 도약하며 입을 크게 벌렸다.

피월려는 몸을 양옆으로 돌리며 뒤로 뻗었던 태극지혈을 오른쪽으로 가져간 뒤, 양손으로 붙잡고 아래로 크게 휘둘렀다.

서걱.

두 머리가 베이면서 공중에 피가 뿌려졌고, 피월려는 그 늑대들의 몸을 밟아 다시 한번 도약하며 왕창삼에게 쏘아졌다.

왕창삼은 위에서 아래로 검을 내지르면서 피월려를 공격했다.

그 검에 닿기 일보 직전.

피월려의 몸이 공중에 우뚝 섰다.

왕창삼은 화끈거리는 고통에 자기 배를 내려다보았고, 그곳에는 심장에 박혀 있는 태극지혈이 있었다.

태극지혈은 그 몸을 뚫고 뒤에 있는 나무에 박혀 있는데, 그 끝에 피월려는 양손과 양다리로써 개구리처럼 올라타 있었다. 그 길이가 너무 길어, 왕창삼의 검이 닿지도 않은 것이다.

탁.

땅에 내려온 피월려는 태극지혈을 뽑았고, 왕창삼은 또 한 번 죽었다.

쉬이익!

피월려는 등 뒤에서 느껴진 살기에 태극지혈을 위로 세워 검격을 막았다.

캉!

어느새 또 다른 왕창삼이 피월려의 머리를 공격한 것이다.

피월려의 눈이 얇게 좁아졌다.

"간격이 짧아졌군."

"무슨 뚱딴지같은 소리지?"

"됐어. 다음 놈한테 물어보지."

피월려는 미련 없이 태극지혈을 휘둘렀다. 왕창삼 역시 검을 들어 그것을 막았지만, 태극지혈을 감싼 기운은 검기를 검신에 붙잡아두는 어기충검.

왕상참은 검 채로 베어졌다.

그리고 피월려는 그 검을 그대로 이어 원을 그리듯 뒤쪽까지 쭉 베었다.

"크악!"

"크악!"

"크악!"

세 명의 왕창삼은 모두 검째로 두 동강이 났다.

피월려는 태극지혈을 역수로 잡아 들었다.

그리고 땅에 꽂았다.

쿵!

"커어억!"

땅속에서 비명 소리가 들리며 핏물이 태극지혈에 묻어나왔다.

주변에 살기가 없는 것을 느낀 피월려는 몸을 숙이고 땅을 파보았다.

그러자 땅속에 있던 왕창삼이 눈을 까뒤집은 채 죽어 있었다.

청일문의 제자인 왕창삼이 땅속에서 움직이는 특이한 무공을 익혔을 리 없을 터.

피월려는 확신했다.

모든 자가 왕창삼으로 보이고, 행하는 무공이 모두 수무검공으로 보일 뿐.

치이익—

순간 피월려의 눈동자가 동그랗게 변했다. 땅속에서 죽은 왕창삼은 양손으로 둥그런 술병을 들고 있었는데, 그 안에서 이상한 연기가 피어오르고 있었기 때문이다.

피월려는 신형을 옆으로 던졌다.

쿠— 쾅!

폭발음이 울리면서 그 왕창삼의 시체가 산산조각이 났고, 몇몇 고기 조각이 피월려의 얼굴에 붙었다. 그는 내력으로 얼굴과 손을 보호하며 검게 타들어간 그 고기 조각들을 얼굴에서 떼어냈다.

폭탄이라…….

언제까지고 이곳에 있을 순 없다.

피월려는 다시 하늘을 보았다.

여전히 검은 밤하늘.

일출까지 한 시진도 채 남지 않았다고 했었다.

그러나 이미 한 시진은 족히 지난 것처럼 느껴졌다.

시간 감각이 이상해진 것인가?

아니면 저 하늘이 거짓인 것인가?

확인할 방법은 단 하나.

피월려는 빠른 경공을 펼쳐 폭포에서 솟아나듯 자란 나무 위로 올라가려 했다.

"죽어라, 낙성혈신마!"

"사문의 복수를 해주마!"

두 왕창삼이 나무 위에서 나타나 피월려를 향해 검을 휘둘렀다.

공중에 있는지라 피할 방도가 없고, 양쪽에서의 공격이라 하나밖에 막지 못한다.

이것이 상식.

그러나 초절정에게는 통하지 않는 상식이다.

피월려는 내력을 가득 담아 태극지혈에 집중했다. 피월려가 느끼기엔 그대로지만, 내력을 머금은 이상 그 기본적인 무게는 수배로 증가. 그것을 오른쪽으로 집어던지며 반동을 받은 피월려는 왼쪽에서 나타난 사내의 검을 아슬아슬하게 피할 수 있었다.

한 명의 얼굴에는 태극지혈이, 또 다른 한 명의 얼굴에는 피월려의 무릎이 마중을 나왔다.

슉! 퍽!

그 몸을 밟아 오른쪽으로 뛴 피월려는 태극지혈을 다시 손에 쥐었다.

그의 뒤를 다섯 명의 왕창삼이 따라왔지만, 이를 무시하고 계속 경공을 펼치면서 나무 끝까지 올라왔다.

마지막 가지를 경공으로 밟아 하늘 높이 치솟은 피월려.

구름에 닿을 듯 공중에 떠오른 그는 중력에 의해 서서히 올라가던 속도가 줄었고, 곧 멈추게 되었다.

그는 두 눈을 떴다.

쏴아아…….

아침 바람의 상쾌함은 피월려 몸속의 마기조차 씻어 내리는 듯했다.

검디검은 밤하늘은 온데간데없이 사라지고 따뜻한 아침 햇살만이 그를 반겼다.

피월려가 가장 먼저 확인한 것은 태양의 각도.

저 정도라면… 대략 진시다.

팟! 파팟! 팍! 파팍! 팟!

제각각의 경공으로 마지막 가지를 밟고 올라온 다섯 사내.

왕창삼으로밖에 보이질 않던 그 얼굴들이 제각각의 인생사가 녹아든 얼굴로 변했다.

피월려의 몸은 떨어지고 있었고, 그 다섯은 떠오르고 있었다.

다섯 개의 시퍼런 무기가 피월려를 향해 있었고, 그 다섯 개의 무기를 모두 길게 늘여놓은 것보다 긴 태극지혈은 아래를 향했다.

그것들이 만나기도 전에 태극지혈에서 빛이 번쩍였다.

"크악!"

"컥!"

두 사내는 공중에서 피를 뿌리며 죽었다.

곧 나머지 셋과 하나는 같은 높이가 되었다.

캉! 캉! 카앙! 캉!

도합 열 번이 넘는 검격이 교환되고 피월려의 어깨와 허벅지에서 시뻘건 핏물이 흘러나왔다.

그러나 그 대가로 셋 중 둘이 죽었다.

마지막 남은 사내와 피월려는 서로를 교차했다.

자기 다리 아래에서 피월려의 머리를 본 마지막 사내는 회심의 미소를 지었다.

다른 둘의 희생으로 절호의 기회가 만들어져, 그대로 자기의 창을 내지르면 피월려의 머리를 확실히 꿰뚫을 수 있기 때문이다.

이는 용안도 동의했다. 용안조차도 그것을 절대 피할 수 없다고 결론을 내렸다.

그러나 피월려의 표정은 이미 싸움이 끝난 것처럼 평온했다.

"죽어랏!"

그 사내가 창을 내지르려는데, 갑자기 등 뒤에서 느껴지는 살기에 자기도 모르게 뒤를 돌아보았다.

뒤로 본 아름다운 세상은 흐릿한 사선을 중심으로 반 토막 나 있었다.

그 흐릿한 사선 속에서 그 남자는 주마등을 보았다.

서걱!

그 사내의 몸이 정확히 두 동강 나자, 피월려는 무림맹 건물 쪽을 보았다.

백색의 학은 여전히 도도한 자태를 뽐내고 있었다.

그 눈빛은 여전히 강렬해 이십 리가 넘는 거리에서도 바로 눈앞에 있는 듯했다.

유풍살이 날아오는 속도가 확실히 전보다 빨라졌다.

곧 피월려는 숲속으로 떨어졌고, 하늘은 다시 밤이 되었다.

"땅에서 벗어나는 걸 검선이 직접 막아주는 건가……."

"무슨 뚱딴지같은 소리지?"

피월려는 저 멀리 나타난 왕창삼을 보며 자기도 모르게 한숨을 내쉬었다.

평생 동안 뚱딴지라는 말을 들은 횟수보다 오늘 그것을 들은 횟수가 더 많은 것 같다.

*   *   *

"커억!"

"크악!"

태극지혈이 번쩍인다.

"카악!"

"킥!"

태극지혈이 또 한 번 번쩍인다.

"쿨컥."

"크윽."

태극지혈이 다시 한번 번쩍인다.

비명 소리가 모두 사라지고 폭포 소리만이 감돌았다.

스릉.

스윽.

도합 열은 될 듯한 왕창삼은 또다시 숲속에서 나와 검을 뽑았다.

피월려는 폭포 위로 뛰었다.

그들이 포위했다고 해서 피월려가 당해내지 못할 리는 없다.

다만 그는 지금껏 수백 번이나 반복되었던 경험을 통해서, 아무리 수준이 낮은 자들에게라도 포위를 당한다면 내력의 소모가 그만큼 커진다는 것을 배웠다. 포위를 당하면 어떻게든 검기를 한 번 더 뿌려야 했고, 금강부동신법을 한 번 더 펼쳐야 했다.

그가 폭포 위로 올라가자, 열 명의 왕창삼이 그를 따라 폭포 위로 올라갔다.

그 바로 위에선 피월려가 고요한 눈길로 그들을 기다리고 있었다.

푸욱!

푸슛!

서걱!

공중에 있는 적들은 위치가 고정되어, 내력조차 담지 않은 검신 그 자체로 목을 베거나 심장을 뚫으며 쉽게 제압했다. 그때마다 비명 소리가 다시 밤하늘에 울려 퍼졌다.

열 구의 시체는 폭포 아래로 떨어졌고, 피월려는 그것을 뒤로한 채 폭포 위의 강물을 거슬러 올라갔다.

백 보 정도를 걸었을까? 그는 강물에서 떠내려 오는 열 구의 시체를 보았다.

방금 그가 베었던 자들이다.

"백 보. 더 짧아졌어."

피월려가 좀 더 걸으니 곧 그가 등졌던 폭포가 다시 모습을 드러냈다.

진법의 영향으로 폭포를 거슬러 올라가도 똑같은 폭포가 다시 나온 것이다.

뒤에서 은은히 울리는 폭포 소리와 앞에서 콸콸 떨어지는 폭포 소리가 본질적으로 같은 소리여서 그런지, 서로 공명하여 괴이한 기분이 들게 만들었다.

사방에는 수백 구의 시체가 너저분하게 흩어져 있었고, 폭탄이 터졌던 몇몇 곳의 흔적도 그대로 있었다. 피월려는 발아래로 흐르는 물을 보며 목이 타는 것을 느꼈다.

어둠 속에선 시원하게 흐르는 물처럼 보였기 때문이다. 하나 그 물속엔 수백 구의 시체에서 흘러나온 피가 가득해 도저히 마실 수 없었다.

진법에 의해서 연속되는 강물 속의 피는 어디로 빠져나가지도 못하고 계속 같은 자리에 흘렀고, 수십 구의 몸속에서 나온 피의 양은 강물을 완전히 오염시킬 만큼 많았다.

피월려는 완전히 녹초가 된 몸을 이끌고 다시 올라갔다.

몇몇의 왕창삼이 그를 기다리고 있었다.

크왕!

둘씩 달고 나온 늑대들은 그 크기가 바위만 했다.

늑대들은 침을 질질 흘리더니, 곧 왕창삼들과 함께 돌격했다.

피월려는 눈을 감았다.

번쩍!

캐— 갱!

번쩍!

캐— 갱!

번— 쩍!

"쿨컥!"

피월려는 피를 토하며 아래를 내려다보았다.

오른쪽 허리에 손가락 마디 정도 깊이로 검이 박혀 있었다.

심검이 풀렸다?

피월려는 이를 악물고는 태극지혈에 내력을 불어넣으며 크게 휘둘렀다.

"크아악!"

"크억!"

반월로 날아간 검기는 왕창삼들과 늑대들을 모조리 베었다.

하나 내력과 체력의 갈증을 느낀 피월려는 그대로 한쪽 무릎을 꿇었다.

콱!

그는 태극지혈을 땅에 박고 거기에 기대었다. 쓰러지려는 몸을 손으로 지탱하는데, 꿇은 무릎이 도통 일어날 생각을 하지 않았다.

"하아… 일어나… 일어……."

쿵쾅.

쿵쾅!

쿵! 쾅!

심장이 가슴을 뚫을 듯 진동했다.

몸 안의 피의 양이 두세 배가 되어 전신을 뜨겁게 달궜다. 실상은 피의 순환 속도가 두세 배가 되어 그런 착각이 드는 것뿐이었다.

대량의 피의 공급은 지금껏 쌓인 피로와 고통을 모두 깨끗이 씻는다.

죽어버린 육신에 새로운 힘을 부여하는 느낌.

너무나 달콤했다.

"후우… 후우……. 부동(不動)… 부동(不動)……. 제발……."

뒤로 넘어가려는 의식을 꽉 붙잡고, 있는 힘껏 정신력을 모조리 짜냈다.

그러자 겨우 그 유혹을 견딜 수 있었다.

쿵쾅.

쿵쾅.

쿵.

쿵.

심장이 제 위치를 찾았다.

그러자 다시 몰려오는 엄청난 피로감.

그리고 고통.

"커헉. 헉. 커헉."

도저히 견딜 수 없었다.

또다시 심장이 쿵쾅거리기 시작했다.

"괴롭나, 낙성혈신마? 사문의 복수를 해주마!"

지겨운 소리.

피월려는 심검을 펼치기 위해 눈을 감았다.

　　　　*　　　　　　*　　　　　　*

"으응?"

피월려는 정신을 차렸다.

그리고 기억했다.

몽롱한 세상에서 적을 베고, 또 베고, 또 베는 꿈을.

그는 천천히 눈을 떴다.

폭포 아래를 가득 메운 시체들…….

그 위에 그가 있었다.

그는 몸을 움직였다.

아니, 움직이려 했다.

"으윽!"

　단순한 부동심으로는 견디기 어려운 고통이 전신에서 느껴졌다.

　피월려가 보니, 전신의 실핏줄이 터져 피부 아래를 적시고 있었다. 역혈지체가 아니었다면 진작 차디찬 시체가 되었을 것이다.

　피월려는 감각을 되살렸다.

　처음 귀로 들리는 건, 둔탁한 물소리.

　청아하게 울려야 하는 폭포수는 물 위가 아니라, 시체 위로 떨어지게 되어 둔탁한 소리를 내고 있었다. 폭포수 아래가 시체로 가득 차고 넘친 것이다.

피월려는 하늘을 보았다.

온 세상이 하얗게 변했다.

육신을 데우는 핏물은 이미 그 기능을 상실한 상태. 그 대신 그의 육신에 따뜻함을 부여하는 강렬한 햇볕이 강하게 내리쬐고 있었다.

눈이 너무 부셔 눈꺼풀을 감아야 하는데, 눈꺼풀이 제 기능을 하지 않았다.

감아야 하는데…….

감아야 하는데…….

눈은 소우주와 외우주의 통로.

눈을 통해서 받는 태양(太陽)의 기운은 그 농도를 그대로 전해주었고, 이를 한번 맛본 극양혈마공은 눈꺼풀을 감으려는 본능을 묵살했다.

감아야 하는데…….

너무 따뜻하다.

태양의 양기를 받아 마기로 전환하자, 전신의 상처가 서서히 아물기 시작했다. 그만큼 그의 수명은 줄지만, 적어도 당장 죽지는 않는다.

몸이 기운을 차리자 서서히 의식이 돌아오기 시작했다.

피월려는 눈을 겨우 감았다.

"으으……."

그러나 눈앞은 여전히 하얗다.

그는 기억을 되살려 더듬거리며 폭포 위로 올라갔다.

그러자 저편에 누군가 있는 것이 보였다.

그가 눈을 뜨자 흐릿한 사람의 형상만이 보일 뿐, 세상은 온통 하얀색으로 가득했다.

그 사람이 말했다.

"끼야… 경이적인 회복 능력이야! 역시 마교의 마인다워! 응? 대단하다고!"

"누, 누구지?"

"누구겠는가? 그리 뻔한 걸 묻는 걸 보니 심검마의 소문도 과장된 것인가 보군."

피월려는 담담한 목소리로 말했다.

"능수지통 제갈토……."

제갈토는 고개를 돌려 그의 앞에 놓인 낚싯대를 탁탁 치면서 중얼거렸다.

"요즘 젊은 것들은 버릇이 없어. 아무리 가는 길이 다르긴 하다만, 그래도 심검마와 나 정도의 차이면 선후배가 확실한데 말이지……. 이잉."

피월려는 태극지혈을 꽉 붙잡았다.

"끝까지… 모습을 드러내지 말았어야 하오, 제갈토."

"왜? 선천지기를 불태워 나까지 죽일 건가? 킥킥, 내가 방심이라도 했다 보는가? 이 제갈토가? 참 나… 아무리 흑도의 고수라지만 이쪽을 너무 무시하시네, 심검마. 뭐, 하려면 해보게. 태양이 중천에 떠 모든 진법이 소멸했으니, 내가 환영일 리도 없잖은가?"

"……."

출수하면 무조건 죽는다.

어디에 위험이 도사리고 있는지 모르지만, 용안은 그렇게 말하고 있었다.

하지만 지금 상태의 용안을 믿을 수 있는가?

태극지혈을 잡은 손목의 힘이 풀렸고, 긴 태극지혈의 검날이 땅에 닿았다.

"그래, 잘 생각했네. 그럼 그냥 이쪽으로 오게. 밥이나 같이 한 끼 하지. 마침 딱 입질이 오는구먼! 그래!"

제갈토는 낚싯대를 잡았다. 그리고 탁탁 잡아채자, 싱싱한 물고기가 딸려 나왔다.

그는 그 물고기를 잡아 들고, 품에서 단도를 꺼내 들어 손질하기 시작했다.

피월려는 잠시 서 있다가 천천히 걸어왔다. 그리고 제갈토 옆에 털썩 주저앉았다.

"후배가 손질하겠습니다."

제갈토가 말했다.

"눈이 성하지 않아 보이네만? 난 가시가 하나라도 나오면 먹지 못하는 성미라, 잘해야 할 텐데?"

"손이 기억하고 있으니, 잘할 겁니다."

"뭐, 그럼 맡기지."

제갈토가 물고기를 건네주었고, 피월려는 앞에 한적한 바위 위에 물고기를 놓고 손질하기 시작했다.

태극지혈로.

사람의 키보다 큰 검을 이리저리 놀려가며 물고기 비늘을 벗기는 것을 보고 있으니, 제갈토는 웃지 않을 수 없었다.

"크히힛! 맹주가 보면 까무러치며 뒤집어지겠어. 심검마 자네의 비늘을 벗기려 들지도 모르겠군."

"제가 알 바 아닙니다."

"그럼, 그럼! 나도 맹주를 그리 좋아하지 않아. 이 비밀은 내가 특별히 지켜주지. 키힛. 다 하면 이리 와. 내 특별히 사천에서 가져온 조미료가 있지."

"……."

"왜, 싫은가?"

"후배는 다음에 먹겠습니다."

"하여간……. 제대로 된 혓바닥을 가진 미식가가 아니고서야 사천의 조미료를 좋아할 리 없지. 걱정 말아. 하나 더 낚으면 되지."

제갈토는 낚싯대를 던졌다.

피월려가 손질을 다 할 때쯤, 물고기 한 마리가 더 걸렸다. 강물엔 물고기 하나 보이지 않는데, 이런 곳에서 이렇게 연속으로 낚다니.

낚시에 관해 조화경에 이르렀다 할 수 있었다.

피월려는 말없이 그 물고기도 받아 손질했다. 제갈토는 손질된 물고기에 조미료를 뿌려 먹었는데, 쩝쩝거리는 소리가 일품이었다.

피월려가 물었다.

"한 마리 더 안 낚으십니까?"

"뭐 하러?"

"사람이 셋인데, 물고기가 두 마리이니 하나를 더 낚아야지요."

제갈토의 표정이 굳었다가, 곧 어린 소녀의 것처럼 화사하게 변했다.

"캬! 가만 보자……. 마음먹고 숨은 자네의 존재를 알아낸 자가 누가 있었지? 그 뭐시기 장로 새끼가 마지막 아닌가? 십 년은 더 된 것 같은데. 그놈 이후엔 자네의 존재를 알아챈 사람이 없었지 아마? 그런데 이런 새파란 놈한테 들키다니. 자네도 늙긴 늙었나 보군! 키힛!"

피월려와 제갈토 사이에 검은 그림자가 불쑥 튀어나오더니, 검은 무복을 입은 노인이 되었다.

큰 키와는 대조적으로 호리호리한 체형에 허리가 앞으로 굽은 것이 환갑은 족히 넘은 듯했다. 얼굴에는 주름과 검버섯이 가득했지만, 한 올의 머리카락도, 눈썹도, 털도 없었다. 양쪽 눈은 백내장이 가득해, 눈동자와 흰자를 구분할 수 없는 수준이었다.

"햇빛에 눈이 먼 놈치곤 좋은 안목이군. 아니… 눈이 멀었기 때문에 안 보이는 것을 더 잘 보는 건가?"

피월려가 손질을 멈추지 않으며 말했다.

"존재를 눈치챈 건 아닙니다. 다만 추리한 것입니다."

"추리?"

"제갈토 선배께서 항상 한 명과 동행한다 들었습니다. 그리고 지금도 저와 단둘이 있으면서 제가 선천지기를 불태워 공격한다 해도 전혀 신변에 위협이 되지 못한다는 말을 하셨습니다. 이는 저도 전혀 눈치채지 못할 정도로 암술에 능한 초절정의 고수가 제갈토 선배를 지키고 있다는 결론이 아니겠습니까?"

제갈토가 박장대소했다.

"키히히힛! 이야! 역시 심검마야! 감각으로 찾았든, 추리로 찾았든 그게 무슨 상관인가! 카핫! 자, 그럼 내기는 내가 이긴 것 맞지? 이번 일에 급여는 없어!"

그 노인은 혀를 찼다.

"쯧! 운이 좋으셨습니다."

제갈토가 어깨를 들썩였다.

"내가 운이 좋아 매번 이기겠는가? 자네가 내기에 소질이 없는 것이지."

"……."

"자네가 이런 대낮에 이렇게 밖에 더 나와 있으면 되는가? 어여 들어가시게나. 키힛!"

그 노인은 피월려를 노려보다 검은 그림자로 변해 사라졌다.

피월려는 손질한 물고기를 들고 와서 말했다.

"실례하겠습니다."

그리고 한입에 털어 넣었는데, 그 모습을 본 제갈토가 말했다.

"아~ 아아! 기억나는군."

"누가 말입니까?"

"전에 내 호법의 존재를 눈치챈 장로 놈 말이야. 그놈도 물고기를 그딴 식으로 먹었어. 이름이 아마… 흐음… 그래! 가도무였지!"

피월려는 잠깐 놀랐지만, 놀랐다는 걸 숨기기 위해서 다른 말을 바로 뱉었다.

"장로가 아니셨습니다. 원로원에 계셨습니다."

"어? 그래? 아… 가만, 가만. 맞아! 그놈이 그놈이 아니군? 가도무 그놈은 최근에 봤지. 장로 놈은 십 년 전에 봤고. 아마 가도무 그놈이 이 조미료를 알려줬었지. 아, 그래. 히잉, 하여간 마교 놈들은 다 비슷비슷해서. 뭐, 원로든 장로든 그게 그거지."

원로원은 은퇴한 마인들이 속한 곳이고, 장로회는 마교 내 최고 권력기관이다.

둘 다 늙을 노 자가 들어간다고 같은 취급하는 제갈토를 보고 피월려는 굳이 정정하지 않았다.

피월려가 말했다.

"그분을 언제 뵈셨습니까?"

"웅? 그거야 그놈이 지네 땅인지 남의 땅이지도 모르고 설치고 돌아다닐 때지."

"그분과 함께 물고기를 먹었다는 말입니까?"

"내 취미일세. 재밌는 연놈들에게 내가 직접 낚시로 잡은 물고기를 대접하는 것 말이지. 그게 소일거리로 괜찮은 취미야."

피월려의 눈빛이 낮게 가라앉았다.

"지금까지 있었던 일이… 그저 취미란 말입니까?"

제갈토가 활짝 웃었다.

"그렇지! 취미 생활이야, 키힛! 자네의 행적을 보고 꽤 흥미가 돋았었네. 그래서 물고기라도 한번 대접할까 하는데, 그게 우리 사이가 보통 사이가 아니질 않은가? 아쉽게도 말이지. 나는 무림맹의 책사이고, 자네는 마교의 젊은 고수이고……. 그러니 뭐……. 귀찮게 자네 힘을 좀 빼놔야 만날 수 있어서 어쩔 수 없이 그런 일이 일어난 것이야."

"……"

"젊은 후배가 이해해. 선배가 뭐 조금 과격할 수도 있지. 안 그래? 이게 다 무림의 미래를 위해서 후배들의 수준을 높이고자 하는 선배님의 깊은 뜻이야."

"그렇습니까? 단순히 취미 생활에 그런 깊은 뜻을 담으실 줄은 몰랐습니다. 덕분에 시력을 상실했으니, 감사드립니다."

"아, 뭐, 그건 미안해! 내가 좀 과격했어! 그리고 슬쩍 보니, 조금만 시간이 지나면 시력은 대부분은 되찾을 수 있을 거야! 아, 아닐 수도 있겠군. 정밀하게 검사해야지 알겠어……. 뭣하면 내가 치료해 줄까? 심심해서 의술을 좀 배운 게 있는데, 한번 시험해 보고 싶어서 말이지."

"됐습니다."

"그래? 아쉽군. 키힛!"

피월려는 한참을 소리 없이 웃었다.

그것은 허무함이 가득한 웃음이었다.

그가 말했다.

"취미 생활 때문에 흑백대전이 일어날 수 있습니다."

제갈토가 고개를 두어 번 끄덕였다.

"뭐, 하지, 까짓것. 음… 맹주도 태극지혈을 되찾고 무슨 발정난 개새끼처럼 신성한 무림맹 옥정(屋頂)에서 저러고 검무나 춰대고 있으니…… 저 몹쓸 혈기를 빼주기 위해서라도 언젠가 해야 하긴 할 것 같은데…… 흐음."

"……"

피월려가 말이 없는데, 제갈토가 갑자기 몰랐던 것을 깨달은 것처럼 박수를 쳤다.

"근! 데! 이번 걸로는… 안 돼! 아무리 생각해도 말이야, 안 되겠어. 증거가 없잖아, 증거가!"

"증거가 왜 없습니까?"

"그야 자네에게 원망을 품은 왕창삼이라는 낭인 한 명과, 역시 자네에게 원망을 품은 녹림이 자네를 죽이려 한 것인데…… 그게 왜 백도와 상관있다는 건가? 개인사가 엉망인 본인을 탓해야지. 엉뚱한 사람을 탓하면 쓰나. 그러기에 왜 애꿎은 중소문파들을 건드려 마교처럼 큰 방파에 속한 사람이. 쯧쯧쯧. 자기 그릇 크기에 맞게 놀아야지, 그런 어린아이

들을 건드리고 창피하지도 않나?"

"그런 어린아이들을 뒤에서 조종하고 창피하시지도 않습니까?"

"그게 왜 어린아이인가? 그냥 벌레들이지."

"방금 어린아이라고 하지 않으셨습니까?"

"그거야 자네한테는 어린아이라는 거지, 자네한테는. 자네는 그들을 같은 종(種)으로 생각하니까. 하지만 내 기준에선 그놈들은 벌레에 불과해. 나와는 종 자체가 다르니까."

피월려는 비꼬는 말투로 물었다.

"아, 제갈토 선배는 본인을 인간이 아니라 신이라 보십니까?"

"아니지. 내가 인간이지. 그놈들이 벌레고. 나는 자네가 이제 막 인간이 되어서 물고기를 대접하는 거야. 아, 늦었지만, 축하하네! 그래도 저런 벌레들을 죽이고 살아남았으니, 같은 벌레가 아니라는 걸 증명했네!"

피월려는 한숨을 후, 하고 내쉬었다.

"후우… 그렇습니까? 후후후, 그렇군요. 저들이 백도와 연관되었다는 증거가 없군요."

"그래그래. 증거가 없지. 아, 뭐 흑백대전이야, 마교에서 원하면 해주긴 하겠는데, 자네가 그런 걸 정할 정도의 위치는 아니잖아. 새파랗게 젊은 놈이 마치 교주인 것처럼 주둥이를 나불거리면 안 되지. 이잉… 나도 그런 딸내미가 하나 있어서 아는데, 정말 사고뭉치가 따로 없어. 아 참, 자네도 알지? 뭐 끼리끼리 논다더니, 정말이구먼."

"제갈미 말입니까?"

"그래, 그 벌레 년."

"……."

일순간 강가의 상쾌함이 모두 사라져 버렸다.

제갈토가 갑자기 일어나서 공기 중에 코를 킁킁거리며 말했다.

"킁! 킁킁! 뭐지, 이 냄새는? 에이… 설마 살기인가? 아니겠지. 살기가 있을 리가 없어. 이 산뜻한 강물이 흐르는 쾌적한 곳에서 살기라니……. 말이 안 돼, 말이. 게다가 손가락 하나만 까딱하면 죽어버리는 놈 주제에 설마 호랑이에게 살기를 풍기겠어? 그러다가 호랑이가 변심이라도 해서 어흥이라고 한 번 하면 눈뿐만 아니라 귀까지 먹어버릴 텐데? 아니겠지, 설마……. 에이. 자네 생각은 어때? 살기가 있는 것 같은가?"

피월려는 몸을 부들부들 떨면서 목을 풀었다. 뿌드득뿌드득. 고통이 느껴지자 가까스로 마음을 다스릴 수 있었다.

"선배께서 착각하신 듯합니다."

"그치? 그래, 내가 착각했겠지. 자, 하여간 어디까지 이야기했지?"

"제갈미에 대해서 말씀하셨습니다."

"아, 그래. 그, 그 벌레 년이……."

태극지혈이 출수됐다.

그 끝은 정확히 제갈토의 코끝에서 멈췄다.

순간적으로 벌어진 일.

태극지혈의 끝자락엔 모기 한 마리가 두 조각으로 갈려 있었다.

"……"

"……"

어느새 모습을 드러낸 흑의노인은 제갈토와 태극지혈 사이에 무기를 대고 있었다.

제일 먼저 피월려가 말하며 태극지혈을 거뒀다.

"감히 미천한 벌레가 선배님의 피를 탐하기에 죽였습니다."

제갈토의 커진 눈은 서서히 그 흑의노인에게 향했다. 피월려는 시력이 제대로 돌아오지 않아 그 눈에 담긴 감정까지는 보이지 않았다.

흑의노인이 담담히 말했다.

"살기가 없었습니다."

"지금 그걸 말이라고 하나?"

"능수지통 어르신을 노렸다면, 이미 죽였습니다. 노리지 않았기에 살기가 없던 것이고, 그랬기에 제가 늦은 것입니다.

저자는 능수지통 어르신을 해할 일말의 생각조차 하지 않았습니다. 실제 거리와는 아무런 상관없습니다."

제갈토는 잠시 침묵하다 앓는 소리를 했다.

"크응… 내 무공 수위가 자네보다 낮아, 뭐라 반박하기 어려워……. 그런데 심검마 후배도 참으로 웃긴 것 같네그려. 까딱 잘못했다간 손이라도 잘렸을 텐데?"

피월려가 방긋 웃었다.

"모기를 치워 드린 것뿐입니다. 다른 의도는 없었습니다. 설마 능수지통께서 이도 모를 정도로 무공 수위가 낮다는 건 몰랐습니다. 놀라셨다면 죄송합니다."

제갈토는 피월려를 따라 씨익 웃었다.

"하! 무인들의 세계는 참으로 이해하기 어렵군! 그래? 뭐! 자네가 그렇다면 믿어야지. 심검마 후배는 정말로 모기를 노렸구먼?"

피월려가 말했다.

"제가 감히 호랑이에게 살기를 품겠습니까?"

제갈토의 한쪽 눈이 실룩거렸다.

"그래, 그럼……. 뭐, 계속 이야기하지. 그래서 그 벌레……."

피월려가 말을 잘랐다.

"어르신 말씀 중에 틀린 부분이 있습니다."

"응? 뭐가 말인가? 내가 틀리다니…… 에이, 에이. 세상이 뒤집어졌으면 뒤집어졌지. 자네가 착각한 것이겠지. 암, 그렇고말고."

"아닙니다. 확실히 틀리셨습니다."

"흐음, 그래? 그럼 내기 하나 하세."

"내기라면?"

"내가 안 틀렸다는 것에 대해서 말이야."

"좋습니다. 무엇을 거시겠습니까?"

지금까지와는 대조되는 음산한 목소리가 제갈토의 입에서 흘러나왔다.

"이기면 자네의 목숨을 살려주겠네."

"그건 성립이 안 됩니다."

"……"

"……"

피월려를 차가운 눈길로 노려보던 제갈토는 갑자기 진지한 표정을 풀고 주먹을 쥐고 왼손바닥을 치며 감탄했다.

"키힛! 내 나름대로 겁주려고 무시무시한 눈빛으로 말한 건데, 안 쫄아? 흥미로워…… 근데 성립이 안 된다는 건 뭔가?"

피월려가 말했다.

"제 목숨은 이미 죽이실 생각이 없으시니 성립이 안 된다는 겁니다."

"내가 그런 생각을 했다고? 흐음, 내가 육십이 넘는 세월을 살았지만, 내가 그런 생각을 했다는 건 금시초문이네만."

"아까 눈뿐만 아니라 귀가 먹을 거라는 말씀을 하셨습니다. 또한 까딱하면 손이 날아갈 거란 말씀도 하셨습니다. 이는 사지를 자르겠다는 말로, 목숨을 거두지 않겠다는 의중이 은연중에 드러난 것입니다. 이미 절 죽이지는 말라고 호법에게도 말씀하신 것이죠. 만약 절 오늘 죽이실 생각이셨으면 손이나 귀를 말하는 것이 아니라 목을 말씀하셨을 겁니다."

"......"

"그래도 궁금하긴 합니다. 왜 절 살려주시는 겁니까?"

제갈토가 입술을 삐쭉거리다가 양손으로 피월려를 딱 하고 가리켰다.

"딱! 그걸 내기로 걸지. 내가 지면 그 이유를 알려주겠네. 어떤가?"

"좋습니다."

"대신 내가 이기면……."

"제갈미의 목을 바치지요."

제갈토는 머리를 긁적이더니 갑자기 웃었다.

"어… 좋아. 키힛! 뭐, 그렇게까지 안 해도 되는데, 내가 원하는 걸 나보다 더 잘 아는군그래? 이거 참, 젊은 친구가 맘에 쏙 들어. 그래, 한번 설명해 보게. 내가 어디가 틀렸는가?"

피월려는 심호흡을 한 번 하고 말했다.

"제갈미는 벌레가 아닙니다."

"왜?"

"제갈토 어르신의 친자식 아닙니까?"

제갈토는 갑자기 버럭했다.

"천출이잖은가, 천출! 천출은 아비의 유산을 받지 못해. 내 신분도 받지 못하지. 그러니 내 자식이라고 그년이 벌레가 아니라고 할 수 없지."

"그럼 그런 유산과 신분을 물려받은 제갈세가의 소가주는 한낱 벌레에게 암살당해 죽은 것이군요. 자기 안방에서 말입니다. 벌레들에게 죽지 않아서 제가 벌레가 아니라 말씀하셨으니, 반대로 말하면 벌레에게 죽은 자는 벌레라는 뜻. 만약 제갈미가 벌레라면 그녀가 죽인 제갈세가의 소가주도 벌레가 되는 것입니다."

"……."

"아닙니까?"

제갈토는 자기 오른쪽 눈을 툭툭 건드렸다.

"눈. 오른쪽 걸로."

퍽!

흑의노인은 피월려의 눈앞에 나타나 그의 오른쪽 눈을 도려냈다.

그 눈알이 바닥에 떨어질 때까지 피월려는 미동조차 하지 않았다.

부동심.

정자세를 유지한 채 피월려가 입을 열었다.

그의 목소리에는 일말의 감정도 섞이지 않았다.

"제갈미가 벌레입니까?"

"······."

"벌레입니까?"

제갈토는 숨을 후, 하고 내뱉었다.

그리고 갑자기 휘파람을 불었다.

"휘~ 휘~ 휘이~ 휘이~ 휘이. 휘이. 휘! 흐음··· 흐음······. 그래, 근데 말이야. 진짜 미동도 안 하네? 어지럽지 않나? 눈을 뽑으면 다들 꼬꾸라지던데."

"대답을 안 하셨습니다."

"아! 아아! 알았어! 졌다! 그래! 내가 졌어! 됐느냐? 아니다, 아니야! 벌레 아니야! 퉤퉤퉤!"

"그럼 절 살려주시는 이유가 뭡니까?"

피월려의 질문에 제갈토가 질문으로 답했다.

"넌 향검을 죽일 수 있다면 죽이겠느냐?"

"향검이라면, 화산파의 장문인을 말하시는 겁니까?"

"그래, 그, 지가 무슨 신선인 줄 아는 놈 말이다. 그놈을 지금 당장 네가 죽일 수 있는 능력이 있다고 해. 그럼 죽일 거냐?"

"……."

"안 죽이지? 그치? 그런 거야."

능수지통이 지금 나 선배의 개인사를 알고 말하는 것인가?

피월려는 그것이 아니라는 느낌을 받았다.

그리고 조금 더 생각하니 답이 나왔다.

향검은 검선과 대립하고 있으니, 살아 있는 것이 천마신교에게 유익하기 때문에 죽이지 않는다. 마찬가지 이유로 제갈토는 피월려를 살려두는 것이다.

"후배가 본 교 내의 저항 세력에 속해 있어 살려준다는 것이군요."

"어차피 언젠간 교주 년을 쳐 죽여야 하는데, 그러려면 현무인귀랑 대화를 해야 하거든? 그런데 그가 아끼는 심검마 후배를 죽여서 돌이킬 수 없는 사이가 될 순 없지."

"제 눈을 뽑은 건 괜찮습니까?"

"흐음……. 뭐, 내 소, 후우… 소중한 지룡을 독살한 그 벌레 년……. 아, 실례했네. 제. 갈. 미께서. 키힛. 심검마 후배 아래서! 자~ 알 먹고 자~ 알 살고 있지 않은가? 내가 그걸

용! 납! 씩이나 하고 있는데, 현무인귀도 자네 눈깔 하나쯤은
눈감아주시겠지. 아니 그런가? 그 씹어 먹을…… . 후우…… .
진정해야지, 진정. 이러다 제명에 못 죽지. 에구구. 후우…… .
그래, 그년은 언젠가 씹어 먹으면 되니까…… . 그래…… ."

마지막으로 간신히 이성의 끈을 붙잡은 제갈토는 충혈된
눈으로 피월려를 보며 억지 미소를 지었다.

씨— 익.

"……."

부동심을 뚫고 공포가 스며든다. 그로 인해서 겨우 붙잡고
있었던 부동심에 균열이 생겨 모든 것이 차례대로 망가지기
시작했다.

겨우 붙어 있는 혈관과 신경이 다시 찢어지려 했고, 이성
또한 사라지고 있었다.

집단의 이익을 위해서 아들이 죽은 분노를 참아내는 제갈
토.

정녕 사람인가?

제갈토가 하늘을 향해 후 하고 바람을 불더니 곧 평온해
진 목소리로 말했다.

"갈 시간이 됐군."

"……."

"젊은 친구가 빨빨거리며 돌아다니는 건, 좋아. 그걸 뭐라

하는 게 아니야. 근데 어른들이 노는 데 기웃거리면 되겠는가? 응? 네놈보다 두 배는 더 산 어르신들이 모여서 이런저런 세상을 위한 토의를 하고 있는데, 같잖은 어린놈이 옆에 와서 쩡쩡거리면 말이야… 잠시 세상을 위한 토의를 접어두고 훈계를 해야 하잖아? 토의를 할 시간도 없어 죽겠는데 말이지."

"……"

"이 세상에서 제일 무서운 게 뭔 줄 아나? 입신의 고수야. 그것도 심심해 미치려는 입신의 고수! 그 성격 좋은 향검도 대화하길 포기하고 떠났지. 그런 걸 매일 상대해 줘야 하는 내 심정을 알긴 아는가? 내 총명하기 그지없는 이 머리로도 미쳐 버릴 정도란 말이지. 태극지혈을 찾고 나선, 뭐? 아… 생각하기도 싫군. 정말이지 니들 마교는 나한테 상 하나 줘야 돼. 알긴 알아?"

"……"

"서로서로 고행한다. 아, 이 세상에 무림의 안녕을 위하는 사람은 정녕 나 하나밖에 없단 말인가! 아무도 알아주지도 않고……. 이거 원, 수지가 안 맞아. 그래도 뭐, 직접 움직여야지. 응? 나이 먹고 안 움직이면 몸이 늙어서 안 돼. 내가 할 수 있는 거면 그냥 해야지. 어린애들 시키고 뭐 그러면 안 된단 말이야. 그냥 내가 먼저 나서 버리면 짠! 이렇게 해결되지 않는가? 한 방에! 얼마나 실속 있고 좋아!"

"……."

"자, 무림맹의 최고 살림꾼인 내가 직접 튀어나와서 얼굴을 마주 보고 말하잖아? 그니까 새겨들어. 응? 알았지? 화로니 뭐니, 장난질 치지 말고 조용히 노세요. 알겠어요? 다음에는 현무인귀고 뭐고 없이 그냥 끽! 알지요? 그럼 갈 테니까, 눈 관리 잘하고. 뜨거운 수건으로 찜질하면 좋으니까. 꼭 하고. 음, 그리고 그 검은 웬만하면 방에 처박아 놓고 밖에 가지고 나오지 마. 하나로도 저리 미쳐서 저런 검무를 추고 자빠졌는데……. 아, 그냥 내가 가져가서 숨겨? 으으으… 아니나. 내가 숨겼다가 걸리면 내 목도 자를 놈이지, 그놈은. 아니, 내 가문을 통째로 쳐부술 놈이야. 소림파도 불태운 놈이니. 하아……."

"……."

"응? 죽은 거 같진 않은데? 말이 없네? 뭐, 그럼… 가보겠네. 다시 보자고. 이잉, 젊은 놈이 인사도 안 해……. 버르장머리 없기는."

제갈토는 휘적휘적 걸어 숲속 한쪽으로 사라졌다.

그의 기운이 완전히 사라지자, 피월려는 땅에 쓰러졌다.

그리고 뽑힌 눈을 덜덜 떨리는 손으로 겨우 부여잡았다.

근골도, 기혈도, 심력도 모두 탈진한 상태.

밀려오는 고통에 그는 작은 목소리로 끊임없이 신음했다.

얼마나 지났을까?

"피월려!"

제갈미의 목소리가 먼발치에서 들리고, 곧 그녀의 향기가 코앞에서 느껴졌다.

피월려는 말을 짜냈다.

"능수지통⋯⋯."

"으응?"

"말이⋯⋯."

"웅?"

"너무 많아⋯⋯."

툭 하고 떨구는 피월려의 고개를 제갈미가 손으로 받았다. 놀란 표정으로 서둘러 그의 상태를 살피던 제갈미는 그가 죽지 않을 거라는 확신이 서자, 글썽글썽한 눈물을 소매로 훔치면서 애써 웃었다.

"수다가 집안 내력인 제갈가 내에서도 독보적이긴 해."

그 뒤로 막 쫓아온 제이대와 제오대가 사방으로 퍼져 능수지통을 추적하기 시작했다.

박소을도 막 도착하여 제갈미에게 물었다.

"일대주는?"

제갈미가 말했다.

"아직 늦지 않았어요. 치료하면 괜찮을 거예요."

"그 눈은……."

"그건 어쩔 수 없어요."

"심검에 영향이 없었으면 하오만."

"살았으니 됐죠."

"이번엔 확실히 경솔했군. 나도, 일대주도."

"능수지통이잖아요. 이 정도면 약과예요."

박소을은 복잡한 심정이 담긴 눈빛으로 피월려를 물끄러미 내려다보며 말했다.

"죽기 전에 찾아서 다행이오. 이 정도의 몸 상태라면 고문 중에 급히 도망한 것 같은데……. 어디까지 알아냈는지는 모르겠군."

제갈미가 고개를 저었다.

"이건 고문의 흔적이 아니에요."

"그럼?"

"경고……. 그렇게 볼 수 있겠네요."

"……."

"능수지통은 흥미로운 적이라면 손을 쓰기 전에 꼭 직접 만나요. 만나서 낚시한 물고기를 대접하며 죽일지 말지를 고민하죠. 그리고 결정해요."

"일대주를 죽이지 않기로 결정했나 보군. 그 이유가 무엇이라고 생각하오? 혹……."

"그저 흥에 취해 그런 결정을 내렸을 수도 있고, 심사숙고 후에 그런 결정을 내렸을 수도 있죠. 하지만 능수지통이라는 자는 나중에라도 필요만 하다면 흥에 취해 내린 결정을 심사숙고 후에 내린 결정으로 바꿔 버릴 수도 있고, 심사숙고 후에 내린 결정을 그저 흥에 취해 내린 결정으로 바꿔 버릴 수있는 자예요. 사건의 전후와 사고의 전후가 따로 놀죠. 행동에 이유를 부여하고 싶으면 부여하고, 빼고 싶으면 빼요. 자기 마음대로. 이해가 되세요?"

"……."

박소을은 전혀 이해하지 못하는 표정을 지었지만, 더 묻지않았다.

더 설명을 들으면, 더 뜻을 모를 것 같다는 생각이 어렴풋이 들었기 때문이다.

때마침 초류아가 폭포 아래 흔적을 발견하고 박소을에게다가왔다.

"총주님, 폭포 아래 보셔야 할 게 있어요. 그런데 피 동생은 괜찮아?"

박소을이 앞장서며 대신 대답했다.

"괜찮소. 제갈 대원은 피월려를 책임지고 미내로에게 데려다주고."

피월려와 제갈미를 뒤로한 박소을은 발걸음을 옮겨 폭포 쪽으로 갔다. 박소을이 폭포수 아래를 보니 죽은 늑대들과 뒤엉킨 시체들이 산을 이뤄 폭포를 가득 메웠고, 그 피 때문에 강물 자체가 붉게 물들어 있었다.

지옥도.

그곳에는 하나의 수라계가 펼쳐져 있었다.

"저걸 다……."

"모든 시체에 있는 검상은 모두 피 동생의 것이 확실해요. 홀로 다 죽인 것이죠."

그들이 입은 옷을 본 박소을은 떠오르는 것이 있었다.

"서른은 녹림인 것 같은데?"

그의 옆으로 혈적현이 다가왔다.

"오대원 중 녹림에 관해 해박한 자가 있는데, 그가 말하길, 녹림의 절정고수들뿐만 아니라 십칠채주까지도 모두 있다 합니다. 그리고 또한 저쪽에서 나무에 걸려 죽어 있는 자가 바로 총채주로, 대외적으론 초절정고수로 알려져 있었습니다. 모두 백호피(白虎皮)를 두르고 있으니 확실합니다."

여간해선 표정에 변화가 없는 박소을이 표정을 찌푸렸다.

"어찌 저렇게 한 공간에 시체가 쌓여 죽을 수 있소?"

"아마 진법의 영향으로 무력의 차이가 드러난 후에도 도망가지 못했을 겁니다. 흔적을 보니, 어느 순간부턴 그저 도륙을 당한 것으로 보입니다."

"……."

"어떻게 하시겠습니까?"

"치우시오."

"존명."

폭포 아래를 바라보던 박소을의 눈빛이 고요하게 내려앉았다.

"후… 확실히 사방신의 힘을 모두 가지니, 운명이 가속되는군. 신을 잃어버린 신도에겐 멸망뿐이지."

"예?"

"아니오, 신경 쓰지 마시오."

"……."

박소을의 이상한 독백에 혈적현은 의문을 품었지만, 곧 관심을 끄고 명을 수행했다.

＊　　　　＊　　　　＊

"눈을 떴느냐?"

피월려는 앞에 초점을 맞추려 했으나, 물속에 있는 것처럼 흐릿한 시야는 좀처럼 나아지질 않았다. 게다가 오른쪽 눈이 너무 뻑뻑하여 왼쪽 눈의 움직임을 잘 따라가지 못하는 듯했다.

"어찌 된 겁니까?"

그의 목소리는 갈라진 황야 같았다.

미내로가 낮은 음조로 말했다.

"네 의사를 묻기 위해서 잠시 깨웠다."

"어떤 것을……."

"치료를 위해선 필연적으로 둘 중 하나를 포기해야 한다."

미내로의 표정이 잘 보이지 않아, 그녀의 감정을 읽을 수 없었다.

피월려가 말했다.

"포기하는 게 오른쪽 눈입니까?"

"오른쪽 눈은 이미 실명이다. 신경이 도려졌고, 눈알도 땅에 떨어지면서 으깨졌다. 나는 눈알을 새로 만들거나 이식할 만큼 치료 분야에 정통하지 못하다. 방도가 없어."

피월려는 힘없이 되물었다.

"그렇습니까?"

"내가 말하는 건 왼쪽이다. 그대로 두면 평생을 흐릿한 시야로 보게 될 것이다."

"……."

"네 몸 상태는 내 마법으로도, 태극음양마공으로도 한계다. 네 마공의 뿌리인 극양혈마공의 치유력을 빌리지 않고는 완전히 회복하는 것이 불가능해. 하지만 극양혈마공을 자극하여 치유력을 끌어 올린다면……."

"수명이 줄겠지요."

"이미 두 배 이상이다."

"무엇이 말입니까?"

"현재 네 노화가 진행되는 속도 말이다. 보통 속도의 두 배를 넘어섰어. 이미 남은 수명 중 반은 없는 셈. 치료를 위해 정밀하게 측정했으니 정확하다."

"……."

"만약 왼쪽 눈을 성하게 쓰고 싶다면, 이 이상으로 극양혈마공을 자극해야 해. 그러면 얼마나 노화가 더 빠르게 진행될지, 나도 모른다."

"눈과 수명 중, 정하라는 것이군요."

"애초에 눈이라는 기관이 인간의 기관 중에서도 가장 복잡하기 짝이 없지. 시력을 되돌리는 것도 벅찬 지경이다."

피월려는 조금도 고민하지 않았다.

"어차피 이미 두 배 아닙니까? 눈을 살려주십시오."

"미쳤군."

"눈이 하나가 없는 것과 둘이 없는 건 차이가 너무 큽니다."

"심검은 눈을 감아 펼치는 것 아니더냐? 무위에는 큰 차이가 없을 텐데?"

"단순히 그렇게 생각할 문제가 아닙니다."

미내로는 혀를 내두르며 시선을 바닥으로 가져갔다.

"무(武)가 뭐이기에?"

"……"

피월려가 대답하지 않았지만 미내로는 고개를 슬며시 끄덕였다.

"하긴, 마법에 미친놈들도 한두 명이 아니었지. 나도 미친당사자 중 한 명이니, 할 말이 없구나."

"입신에 들어 환골탈태를 한다면 될 일 아닙니까?"

"지금까지 오는 데 한쪽 눈이 날아갔고, 수명의 반이 날아갔다. 입신이라는 것에 도틸하기 위해 무엇을 더 포기해야 할지 겁이 나지 않느냐?"

"더 포기할 것도 없습니다. 가진 게 있어야 포기할 것 아닙니까?"

"어리광 부리지 말거라. 사람은 잃어버리기 전까지 자기가 뭘 가지고 있는지 모른다. 넌 네가 가진 것이 없을 것이라 생각할지 모르겠지만, 그건 착각이다. 잃어버리면 비로소 그걸 전에 가지고 있었다는 걸 깨닫게 되지. 오늘 네 눈알처럼 말이다."

"……"

"그것들을 모두 잃어버리고 정말로 아무것도 남지 않았을 때, 평생을 통곡과 허무 속에서 살게 될 것이다."

피월려는 잠시 침묵했다.

곧 그는 과거를 찬찬히 훑으며 읊조렸다.

"전 한낱 사냥꾼의 자식입니다. 그리고 한낱 기녀의 자식입니다. 그런 제가 천운을 얻어 스승님을 만나 용안심공을 익혔습니다. 그런데도 일류와 절정 사이에서 빌빌거리는 낭인의 인생을 살았습니다. 저는 그런 회대의 심공을 익혔음에도… 겨우 낭인들 사이에서 살아남는 수준이었습니다. 그 정도로 무공에 자질이 없었습니다."

"……."

비장한 목소리에 미내로는 잠시 피월려의 말을 기다렸다.

피월려가 말을 이었다.

"마음속으론 부정했지만, 실상은 내공심법을 익혀도 고수가 못 될 거라는 패배 의식이 가득했습니다. 그래서 내공심법을 일부러 익히려 노력하지도 않았습니다. 그 현실을… 보기가 무서워서 말입니다. 그런 몸뚱이입니다, 이 몸은. 자존심을 모두 죽이고, 머리를 굴려가며 하루하루를 연명하는 그런 삶을 살았습니다. 어렸을 때부터 영약을 꾸준히 먹고 성장한 백도의 후기지수들과는 비교도 할 수 없는 그런 몸입니다."

"……."

"극양혈마공 같은 마공이 아니고서야, 제가 일이 년 사이에 천마급 고수가 될 수 있었겠습니까? 천마급은 구파일방의 장문인들이나 장로들과 호각을 다투는 수준입니다. 그런 경지를 제가 스스로 이룰 수 있었겠습니까? 극양혈마공이 없었다면 평생이 걸려도 못 했을 겁니다."

"그 일여 년 사이에 폭주한 것이 도대체 몇 번이냐? 못해도 다섯 번은 넘을 것이다. 그때마다 넌 생명 그 자체를 걸어야 했다. 수명은 이미 줄었고! 초절정이라는 것이 그럴 만큼 가치가 있느냐? 자기 생명을 아슬아슬한 도박에 내놓을 만큼?"

"예."

"……"

"평생을 걸려도 맛보지 못할 무위입니다. 수명을 버려서 맛볼 수 있었다면 진작 수명 따위 팔았을 겁니다."

"……"

"폭주한 저를 항상 치료해 주신 어르신의 은혜는 평생 잊지 않을 겁니다."

미내로는 코웃음을 쳤다.

"나도 이유가 있어 널 치료하는 것이다. 그뿐이지."

"그래도 은혜를 갚을 것입니다."

미내로가 고개를 끄덕였다.

"그래, 네 삶은 네 것이니……. 대신 앞으로 잃어버릴 것들은 육신의 눈알쯤은 그냥 파서 대신 줄 수 있을 정도로 소중한 것이 될 것이다."

"각오하고 있습니다."

"그렇군……. 그럼 내가 네 생명력을 끌어 쓰는 것에 동의해라. 네 생명력의 소유권을 내게 일임해야 그것을 바탕으로 더 강력한 스펠(Spell)을 짤 수 있느니라."

생명력쯤이야 아무것도 아니다. 이제 와서 요구하는 것이 오히려 새삼스러울 뿐.

피월려는 힘없는 목소리로 대답했다.

"일임하겠습니다."

"좋다. 그런데 소생을 시작하기 전에 물어보고 싶은 것이 있다."

"무엇입니까?"

"신물전엔 언제 갈 생각이더냐? 신물전에 가서 신물을 진정시키지 않는다면 신물이 언제라도 네 마기를 모두 훔치고 신물전으로 날아가 버릴 것이다. 또한 지부에 이미 네가 신물주라는 소문이 파다한 상황이니, 신물전의 보호를 받는 것이 좋지 않겠느냐?"

피월려는 알 수 없는 미소를 지었다.

"그것까지 걱정할 여력이 없습니다. 그리고 신물이 마기를 다 뺏는다 하더라도……."

"하더라도?"

"아닙니다. 하여튼 충고해 주셔서 감사합니다."

미내로는 물끄러미 피월려를 보다가 시선을 거두었다.

"그래, 네 생각이 있겠지. 그럼 치료를 시작하겠다."

"예."

그 말을 끝으로 미내로는 피월려의 이마에 손을 대었고, 피월려의 의식은 한순간에 저편으로 넘어갔다.

제칠십팔장(第七十八章)

눈앞이 캄캄해지고, 피월려는 잠시 숨을 돌렸다. 그러나 정적만이 흐를 뿐, 미내로는 아무 말도, 아무 행동도 하지 않았다.

궁금증이 든 피월려가 눈을 뜨자, 옆에서 엎어져 자고 있는 제갈미가 보였다.

어느새 그는 침상 위에 누워 있었다.

피월려는 손을 뻗었다.

아니, 뻗으려 했으나 천근만근이 된 듯 손은 움직일 생각을 하지 않았다. 자기 손을 보고 있는데, 꼭 남의 손을 보는 것 같다.

그가 작정하고 힘을 주니, 그제야 동면에서 깨어난 듯 느릿느릿 움직이기 시작했다.

피월려가 손으로 그녀의 머리를 쓰다듬자, 그녀의 머리카락이 사방으로 헝클어졌다.

엎드려서 선잠을 자던 제갈미의 얕은 꿈은 살얼음이 언 호수의 표면처럼 작은 진동에도 산산조각이 났다.

그녀는 눈곱 긴 양 눈을 비볐다.

"맨날 쓰러져……."

그 말을 들으니, 피월려는 자기가 한동안 정신을 잃어버렸다는 것을 확신할 수 있었다.

그는 겨우 입을 벌려 물었다.

"어, 얼마나 지났지?"

스스로 듣기에도 놀랄 정도로 건조한 목소리.

어눌한 발음임에도 영특한 제갈미는 피월려의 말을 충분히 이해했다.

"이틀. 몸 상태는 어때?"

"글쎄……."

피월려는 몸을 움직여 보았고, 몸 구석구석에서 따끔거리는 고통이 느껴졌다. 그러나 그뿐, 움직임 자체에는 이상이 없었다.

제갈미가 말했다.

"몸의 회복은 다 됐다고 말씀하셨어."

"그래? 그래도 고통은 느껴지는데."

"아마 환상통일 거야."

"이틀 만에 이렇게 치유되다니……."

"세 배로 더 빠르게 할아버지가 된대. 노년이 금방 오겠네?"

"하하하."

멋쩍은 웃음에 제갈미는 갑자기 자리에서 일어났다. 표정 관리를 할 자신이 없어, 얼굴을 숨긴 것이다.

"깨어나면 방으로 오라는 총주님의 명이 있었어."

"바로?"

"일이 터져서."

그놈의 일이란 참으로 사람 사정 안 봐주는 악덕한 놈이다.

피월려는 한숨을 쉬고는 침상에서 몸을 일으켰다.

찌릿한 고통이 연속적으로 몰려오고, 몸이 이상하게 움직였다.

문득 시야가 답답하다고 느낀 그는, 손을 들어 오른쪽 눈에 가져가보았다. 그곳엔 그의 눈 대신, 가죽으로 된 안대가 걸쳐져 있었다.

역시 눈은 회복이 안 된 건가?

"운기조식을 해야겠어."

"왜, 몸에 이상이 있어? 치료는 끝났다고 하는데?"

"심상에 문제가 있어. 용안심공을 운용해서 눈이 없는 몸을 다시 머릿속에 구성해야 할 것 같아. 그리고 몸도 다시 데워야지."

제갈미가 걱정스러운 어투로 말했다.

"역시, 무슨 문제가 있구나?"

피월려가 말했다.

"일단은 봐야지 알아."

그는 가부좌를 틀고 운기조식을 시작했다.

용안심공과 부동심으로 육신을 점검하며, 그 변화를 하나하나 인지하여 머릿속 깊은 곳에 지도를 다시 그리기 시작했다.

예상한 대로 눈이 하나가 비어버린지라, 균형 감각이나 공간지각 등 여러 방면에 오차가 생겼고, 그걸 하나하나 조정하며 현실의 몸에 맞추었다.

태극음양마공과 용안심공은 조화를 일으켰고, 운기조식하는 피월려의 육체에서 은은한 마기가 흘러나와 그의 콧속으로 다시 빨려 들어갔다.

대략 반 시진 정도가 지났다.

피월려가 서서히 기운을 갈무리하며 운기조식을 끝냈다. 그가 눈을 뜨니, 옆 식탁에서 차를 마시고 있는 박소을과 제갈미가 보였다.

둘이 차를 마시며 과연 무슨 이야기를 나눌지 상상도 할 수 없었던 피월려는 생각보다 덜해 보이는 어색함에 이상하게 본인이 더 어색해져 버렸다.

"어… 그… 안녕하십니까?"

그를 물끄러미 내려다보던 박소을이 차를 내려놓으며 말했다.

"심검의 상태는 어떠하오? 눈을 잃어 변화가 있으리라 짐작되오만."

"용안심공의 조정 능력으로 해결되는 일입니다."

"그럼 무력에는 영향이 없겠군."

피월려는 왠지 자신이 없었지만, 억지로라도 자신 있는 목소리로 대답했다.

"예."

"일대주를 소생시키는 데 있어, 미내로와 제갈 대원… 아니 제갈 소저가 많은 수고를 했소."

박소을이 호칭을 정정하자, 제갈미는 어린 소녀처럼 활짝 웃어 보였다.

둘 사이에 무슨 대화가 있었는지, 박소을은 제갈미를 제갈 소저란 명칭으로 부르기로 한 듯싶었다.

박소을조차도 감히 범접하지 못할 입씨름으로 당당히 성취해 낸 결과물에 만족한 제갈미의 표정은 참으로 행복해 보였다.

피월려가 말했다.

"고마워, 제갈 대원."

화사한 미소는 제갈미의 얼굴에서 흔적도 없이 떠났고, 금방 피월려의 얼굴에 자리 잡았다.

박소을이 자리에서 일어났다.

"지금까지 일대주의 회복을 기다렸으니, 잠시도 지체하지 말고 따라오시오. 이미 시일이 꽤 지났소."

피월려가 물었다.

"무슨 일이기에 그렇습니까?"

"유한이 방문했었소. 자세한 건 나가면서 설명하겠소. 그 전에 일대주가 일대주로서 알아야 할 소식이 있소."

일대주로서 알아야 할 소식이라면 제일대와 관련된 이야기다.

피월려는 제갈토의 끝말이 생각나, 먼저 물었다.

"화로의 관한 일이라면… 계획을 철회하신 총주님의 판단이 옳았습니다. 제갈토의 입에서 직접 들었으니……."

박소을은 피월려의 말을 잘랐다.

"단순히 계획에 관계된 말을 하려던 것이 아니오."

"그럼 무엇입니까?"

"화로의 일을 마무리 짓던 낭파후가 살해당했소. 권림 쪽에서 하북팽가 사람을 만나다 암살을 당한 모양이오. 권림에는 인원을 투입하기 어려운 곳이라, 진상 파악에 난항을 겪고 있소. 아마 배후가 누구인지 밝히지 못하겠지."

"……."

"아 참, 마조대에서 올라온 안건이 있소. 낭파후는 본 교의 마인으론 드물게도 일가의 가장이오. 아내와 슬하에 있는 두 자식은 그의 봉급으로 생활하고 있소. 그래서 묻는 것인데, 혹 일대주가 그의 일가친척의 생활비를 책임지겠소?"

"그런……."

"강요는 없소. 다만 직속 명령 수행 중, 부하의 죽음은 기본적으로 직속상관에게 책임이 있어 묻는 것이오. 자기가 하겠다는 마인들은 많지만, 그래도 일대주의 의사가 중요하지. 어차피 마인이 일가를 책임지고 있는 건 극히 드문 경우이니, 한 번쯤 하면 보기에도 좋소. 혈혈단신인 일대주는 그 많은 봉급을 다 쓸데도 없지 않소?"

피월려는 그가 죽었다는 뜻밖의 사실에 잠시 망설인 것이지, 봉급이 아까워 그런 것이 아니다.

사태를 이해한 그는 바로 대답했다.

"그렇게 하겠습니다."

박소을이 말했다.

"좋은 결정이오. 부하의 죽음에 책임지는 자세를 보인다면 많은 마인들이 일대주 아래서 일하기를 서슴지 않아 할 것이오. 아무리 본 교에선 무력이 전부라곤 하지만, 무력이 보장되었다면 그다음은 인품을 보게 되어 있지."

피월려는 그 칭찬이 칭찬으로 들리지 않았다.

그의 마음속엔 자기의 잘못된 명령 때문에 죽었다는 죄책감만 가득할 뿐이었다.

부하를 두고 부려본 적이 없었던 피월려에겐 굉장히 생소한 죄책감이었고, 그래서 좀처럼 뿌리칠 수 없었다.

그렇기 때문일까?

그는 죄책감을 느끼는 동시에 화살을 돌릴 사람을 자기도 모르게 생각하기 시작했고, 바로 한 사람을 떠올릴 수 있었다.

다만 자기의 비겁한 생각을 인지한 피월려는 단순히 화살을 돌리는 형식보다는 좀 더 냉정한 시각으로 한 번 더 생각하여 그 사람을 언급했다.

"류 대원은 어떻게 되었습니까?"

"심문하니, 모르는 일이라고 말했소. 오히려 자기도 친한

친우에게 속아 배신감을 느낀다고만 말할 뿐이었지. 지하에
감금해 놓았소."

"고문은 하셨습니까?"

"아니, 하지 않았소."

"할 법하지 않습니까?"

박소을이 물끄러미 피월려를 내려다보며 말했다.

"총주인 내가 직접 할 일은 아니니, 고문까지 하려거든 일
대주가 직접 해서 진상을 밝히시오. 후에 보고하고. 오히려
피 대주를 의심하는 마인들도 많으니 잘하셔야 할 것이오."

"……"

방 밖으로 나가는 박소을을 보며 피월려는 할 말이 없었
다. 그는 가부좌를 풀고 일어나 박소을을 따라 걸었다.

[괜찮으십니까?]

방 밖으로 나가자 주하가 전음으로 말을 걸어왔다.

피월려도 전음으로 대답했다.

[딱히 별 이상은 없소.]

[제가 힘이 되지 못해 육안을 잃으셨습니다. 죄송합니다.]

[내 욕심이 과해서 생긴 일이니, 걱정하지 마시오. 걱정이
라니, 주 소저에게 어울리지 않소.]

[……]

착각하지 마십시오.

걱정이 아닙니다.

무슨 소립니까?

여러 문장을 머릿속에서 예상한 피월려는 정작 아무런 전음도 들리지 않자, 무안해졌다.

그런 그를 뒤돌아보며 박소을이 말했다.

"무슨 생각을 하기에 그런 표정을 짓고 있소? 한시가 바쁘다는 소리를 듣지 못했소?"

피월려는 퍼뜩 정신을 차리고 걸음을 재촉했다.

"죄송합니다."

"어서 따라오시오."

"존명."

뒤따라오던 제갈미는 피월려의 어깨를 툭툭 쳤다.

"그럼 나는 류서하한테 가볼게. 일 처리 잘하고."

피월려가 어처구니없다는 듯 말했다.

"나 참고로 네 대주야. 직속상관이고. 일 처리를 잘하라니……."

제갈미는 씽긋 웃는 걸로 대답하곤 휙 돌아섰다.

[아랫사람에게 너무 잘해주시면 위계질서가 흐려집니다.]

주하의 충고에 피월려는 더 어안이 벙벙해졌다.

[위계질서를 존중하는 주 소저께선 그래서 지금 직속상관에게 충고하는 것이오?]

[아랫사람의 말을 귀담아듣지 못하면, 상관으로서 자격이 없습니다.]

[방금 너무 잘해주지 말라고 하셨잖소? 너무 잘 듣는 것도 안 되겠지.]

[잘 듣는 것과 잘해주는 건 별개입니다만.]

[그것이 왜 별개이오?]

[듣는 건 수동적이지만 해주는 건 능동적입니다. 이 둘이 어떻게 별개가 아닙니까?]

[아니, 그게 왜…….]

갑자기 돌아보는 박소을의 표정은 사뭇 진지했다.

"일대주, 전속이 있는 이유가 뭐라고 생각하시오?"

논쟁에 한참 열을 올리던 피월려는 누군가 갑자기 차가운 물을 뿌린 것 같은 기분에 당황하여 말을 얼버무렸다.

"그, 신속한 연락을 위해……."

"그렇소. 내 알기로 신속한 연락 속에 잡담이 포함되어 있진 않은 것 같소만."

"죄송합니다."

"그럴 기력이 있으면 좀 더 빨리 걷겠소."

박소을은 거의 신법을 펼친 것 같은 속도로 걷기 시작했고, 피월려도 그에 맞춰 가기 위해서 내공을 운용해야 했다.

[아랫사람과 잡담하는 건 상관의 위엄이 안 섭니다. 자제

하십시오.]

박소을이 피월려와 주하의 잡담을 알 수 있었던 건, 전음에 서툰 피월려의 전음을 엿들었기 때문이다.

즉 주하의 전음은 듣지 못한다.

"후……"

피월려는 숨을 깊게 내쉬었다.

참자.

다른 사람과 제대로 된 교류 하나 없이 죽어라 암공만 익힌 처자가 어찌 농을 알겠는가? 부적절하기 짝이 없는 순간에 재미라곤 눈곱만치도 찾아볼 수 없는 걸 상대해 봤자 같은 수준이 될 뿐이다.

[혹 화가 나셨다면 송구합니다.]

[……]

[속이 좁은 건 진작 알았습니다만, 이렇게 좁을 줄은……]

[화 안 났소.]

박소을이 말했다.

"잡담을 그만하시오. 명이오."

"존명."

"명불복 일필살임을 잊지 마시고."

"……"

피월려는 경공을 펼치면서 마음을 다스리려 했지만, 이상하리만큼 부글부글 끓는 속내는 좀처럼 쉽게 가라앉지 않았다.

*   *   *

지부를 급히 나온 피월려와 박소을은 마차 한 대와 그 앞을 지키고 있는 이십여 명의 마인과 조우했다.

"오셨습니까, 총주님."

박소을에게 인사하는 마인은 건장한 남성으로 겉으로 봐도 강한 마기를 내뿜고 있었다.

그리고 그의 옆으로 보이는 이십여 명의 마인들 또한 마기를 풍기고 있어서인지, 주변에 개미 새끼 한 마리도 보이질 않았다.

"호법이오?"

박소을의 질문에 그 사내가 고개를 끄덕였다.

"삼대주님의 명을 받고 왔습니다. 호법에 가장 알맞은 인원 이십 명으로, 여차하면 마기를 폭주시켜 절정고수들도 일정 시간 상대할 수 있는 마인들입니다."

"좋소. 마차 주변에서 따라오시오."

"존명."

박소을과 피월려는 마차에 탑승했고, 곧 마차는 빠르게 가속하기 시작했다.

 북쪽으로 향하는데, 그 속도가 상당히 빨라 좀처럼 반듯이 앉아 있을 수 없었다.

 조금만 자세를 잡으려고 하면 한쪽 엉덩이를 때리고, 조금만 허리를 펴려고 하면 바닥이 기울어졌다.

 "유한을 보러 가는 겁니까?"

 피월려의 질문에 박소을이 말했다.

 "정확하게는 백운회에 가는 것이오."

 "무슨 일입니까?"

 대답하는 박소을의 표정은 좋지 못했다.

 "하루 전, 일대주를 치료하는 중에 유한이 직접 지부를 찾아왔소. 그가 바로 전 무림맹에서 나왔다는 정보가 있었고, 그가 나오자마자 무림맹의 무인들이 급히 움직이는 것을 마조대가 확인하여 내게 일러주었소."

 "무슨 사건이 일어난 것이군요? 그가 뭐라 했습니까?"

 "일부러 만나지 않았소."

 "예?"

 "백도의 꿍꿍이가 무엇인지 파악이 불가능한 데다, 능수지통까지 무림맹에 있을 확률이 높으니 일대주가 없는 와중에 그들의 심계를 상대하긴 어렵다고 판단했소. 그래서 지

부를 찾아온 유한에게 지금은 내가 출타 중이라 했고, 곧
찾아가겠다고 전했지. 어제는 순순히 돌아갔지만, 오늘 아침
부터 대면하자고 독촉하는 걸 보아하니 정말로 급한 일이긴
한가 보오."

"무슨 일로 찾아왔는지 짐작은 하십니까?"

"아마도 하북팽가의 일 때문일 것이오."

"설마 시작도 하지 않은 그 일을 말입니까?"

박소을이 뭔가 알아차린 듯한 소리를 내었다.

"아, 일대주는 모르겠군. 지금 낙양은 온통 하북팽가의
반란으로 시끄럽소. 모르긴 몰라도, 낙양뿐만 아니라 전 중
원이 시끄럽겠지."

피월려의 입이 살포시 벌어졌다.

"반란? 하북팽가에서 반란을 일으켰다는 겁니까? 그건 어
불성설입니다."

"낙양까지 쳐들어와 황제를 치겠다는 건 아니니, 반란이
라고는 할 수 없겠군. 그러나 하북의 자치권을 황궁에서 정
한 태수에게서 빼어 본인들이 취하겠다고 선포한 모양이오.
세금은 그대로 바칠 것이니, 황궁에 대한 충성을 잊지는 않
은 것이라며 본인들이 반란의 세력임을 부정하긴 하지만, 황
궁의 권위를 무시한 처사가 반란이 아니고 뭐겠소?"

"그럼 곧 대규모의 황군이 꾸려지겠군요. 이백오십 년간

전쟁이 없었던 중원에 전쟁이 발발하게 되는 겁니까?"

"한 가문일 뿐이오. 영토를 확장하려는 전쟁이 아닌 이상, 많은 군사가 주둔할 필요가 없지. 그렇다면 순수하게 무력적인 면에서 훨씬 더 효과적인 무림인들로 해결하려는 듯하오."

피월려는 순간 자기 귀를 의심했다. 관의 일에 무림인이라니?

"권문세가와 황궁 간의 싸움 아닙니까? 왜 무림인들의 싸움이 되는 겁니까?"

박소을이 설명했다.

"백도도 흑도도 아닌 황도의 출현으로 황궁도 하북팽가도 무림의 세력이 되었기 때문이오. 다수의 병사들을 병력으로 쓰는 것보다 소수의 무림인들을 병력으로 사용하는 것이 수십 배 더 효율적인 건 천지가 다 아는 사실. 다만 관과 무림은 상종하지 않는다는 철칙 때문에 황궁에서도, 권문세가에서도 무림인을 사병으로 거느리지 않았었소. 그러나 경운제의 등극 이후, 황궁도 권문세가도 무림인들을 본격적으로 사병으로 거느리니, 다수의 병사 간의 싸움이 아닌 무림인들 간의 소규모 일전이 될 것이 자명하오."

"……"

"그런데 여기엔 이상한 점이 있소. 어차피 하북에선 하북팽가가 치안을 담당했소. 실질적인 치안권을 이미 가지고 있었던 것이오. 그런데 이렇게 보란 듯이 태수를 내쫓고 그 자리에 올라서서 대놓고 자치권까지 탐내는 걸 보면, 참으로 그 의도를 이해하기 어렵소."

피월려는 잠시 고민하고는 천천히 자기 생각을 말했다.

"제가 보았을 땐… 일종의 상징인 듯싶습니다."

"상징?"

"무림을 넘보는 황궁에게 말하는 것입니다. 관에서 무림의 영역에 들어오겠다면 무림 또한 관의 영역에 들어가겠다는……."

박소을은 고개를 서었다.

"이 일은 본질적으로 무림세력과 상관없는 일이오. 하북팽가는 본래 권문세가이니, 이는 황궁과 권문세가의 알력 다툼으로 봐야 하오. 다만 거기에 무림인들이 낀 것이지. 어떤 무림세력이 황궁에게 경고의 의미로 하북팽가를 앞세웠다고는 보기 어렵소."

피월려의 눈빛이 날카로워졌다.

"제가 진행한 일을 백도에서 어찌 그리 빨리 알아채고 일이 시작하기도 전에 방비할 수 있었다고 생각하십니까? 이미 하북팽가와 일을 먼저 진행하고 있었기 때문이 아니겠습니까? 그렇기에 철저하게 당한 것입니다."

"……."

"그 반란을 주도한 건 단순히 하북팽가가 아닐 겁니다. 제 생각으론 무림맹에서 암묵적으로 돕는다는 약조를 하고 이 기회에 황궁이 쓴맛을 보게 만들어 다시는 무림의 영역에 침범하지 못하도록 하려는 것 아니겠습니까? 분명 하북팽가에서 홀로 그런 결정을 내릴 순 없었을 겁니다."

"흐음."

"만약 그런 것이라면, 지금 저희를 부르는 유한의 의도도 알 수 있습니다. 무림맹과 백도세력을 믿지 못하니 본 교와 흑도에게도 손을 벌리려는 것이지요."

박소을은 한동안 말이 없다가 고개를 천천히 끄덕였다.

"일리가 있군."

"유한을 대면하고 이야기를 하다 보면 그런 점이 보일 겁니다."

박소을은 고개를 끄덕이며 부드럽게 말을 이었다.

"나는 방금 일대주가 상징이라고 말했을 때, 다른 생각이 들었었소."

"어떤 생각입니까?"

"폐전통자에 반대하는 지방 권문세가들의 세력이 황궁에게 경고하는 것처럼 들렸었소. 하북팽가를 앞세워서 말이오."

"아, 그럼 하북팽가의 배후가 무림맹이 아니라 지방의 권문세가라는 말씀입니까?"

"그들에게 배후가 있는 것이 아니라 그들이 권문세가의 수장이라 생각했소. 오랜 시간 황비를 배출한 외가라면 그들의 수장 격이라 할 만하지."

"흐음, 그 말씀에도 일리가 있습니다."

"그럼 그 두 가능성을 염두에 두고 대화를 진행해야겠소. 역시 일대주와 함께 가길 잘했군. 요즘 내가 여기저기 심력을 소모하는 곳이 많소. 이번 대화는 일대주가 이끄시오."

"그렇게 해도 되겠습니까?"

"전권을 일임하겠소."

일의 크기를 생각하면 파격적인 처사다.

피월려는 포권을 취하며 크게 대답했다.

"존명."

*   *   *

그들은 곧 황궁의 정문에 도착했다.

낙양의 사대문보다 큰 황궁의 대문은 활짝 열려 있어, 여러 장사치들과 타국의 사람들, 그리고 관료로 보이는 사람들이 쉴 새 없이 오가고 있었다.

그런 그들을 수십 명이 넘어가는 군사들이 성벽 위아래에서 매서운 눈으로 지켜보며 수위의 역할을 충실히 하고 있었다.

백운회는 황궁 안에 위치해 있었다. 때문에 황궁 안으로 들어가기 위해서 박소을은 유한이 전해준 서찰을 수문장에게 보여주었고, 수문장은 유한의 서찰임을 확인하고서 그들을 안으로 들여보내 주었다.

그렇게 들어가서도 몇 번을 다시 대문을 지키는 수문장들과 마주쳤다.

그때마다 지루하고 복잡한 절차를 통과하고 나서야, 겨우 백운전(白雲殿) 앞에 도착할 수 있었다.

그 웅장한 건물은 낙양지부나 무림맹에 비교해도 전혀 손색이 없는 수준이었다.

건물 내부에서도 한참을 걸어, 한 한적한 방에 그들을 안내했다.

스무 명이 너끈히 들어갈 정도로 큰 사랑방으로, 두어 명의 시녀가 간단한 다과를 준비해 주었다.

피월려가 문득 든 생각이 있어 급히 말했다.

"함정일 수 있습니다."

박소을이 헛웃음을 지었다.

"독이라도 탔을 것 같으시오?"

그는 다과를 집어먹으면서 빙그레 웃었다. 그 모습을 보니, 피월려는 자기가 괜한 걱정을 하지 않았나 하는 생각이 들었다.

"아닙니다."

박소을이 미소를 유지하며 말했다.

"함정이라면, 무림맹의 초절정고수 셋은 필요하오. 그들이 철통같은 황궁에 초대되었다면 그런 큰 움직임을 파악하지 못했을 리 없지. 또한 일대주가 걱정하는 것과 똑같이 황궁도 우리와 무림맹이 결탁하여 황제를 시해하려는 계획을 꾸밀 수도 있다고 생각할 수 있소. 그러니 괜히 그들을 끌어들이는 모험을 할 순 없지."

피월려는 헛기침을 했다. 능수지통에게 호되게 당하니, 별별 의심이 다 드는 것 같았다.

"그들과 저희의 입장이 같다는 생각을 못 했습니다."

"백운회에서 천마신교를 해할 이유도 없을뿐더러, 백도세력과 그리 사이도 좋질 못하오. 또한 무림맹은 백운회의 출현에 우리보다 더 반발하고 있는 상황이니 더욱 손을 잡고 일을 꾸밀 수 없소. 일대주가 걱정하는 일은 일어나지 않을 것이오."

그 말이 끝나기 무섭게 유한이 방 안으로 들어왔다.

그는 무사들이 아닌 관료들이 입는 관복을 입고 있었는

데 허리에 찬 칼만 아니면 누가 봐도 궁에서 일하는 젊은 관료처럼 보였다.

그는 사랑방 상석에 앉으며 피월려에게 말했다.

"총주께서 하신 말씀이 맞다. 그러니 의심하지 않아도 된다."

유한은 잠시 멈칫했는데, 그의 시선이 오른쪽 눈에 위치한 것을 보곤 피월려가 대수롭지 않다는 듯 말했다.

"일이 있어 눈을 잃었지. 별거 아니다. 단도직입적으로 묻겠다. 무슨 일이지?"

유한은 갑자기 인상을 쓰며 눈꼬리 한쪽을 올렸다.

"상장군에게 예를 갖춰라, 심검마."

뜬금없는 소리에 피월려는 기가 찼다.

"무식한 마인에게 뭘 바라나? 반말이 듣기 싫거든 당장 나가 드리지."

"......"

"게다가 처음부터 말을 놓은 건 너야."

"그럼 부하를 죽인 놈에게 말을 높여야 하나?"

"그럼 날 죽이려는 놈들에게 그냥 죽어야 하나? 공과 사를 구분하든, 안 하든 네 맘이다. 하지만 줏대 없이 왔다 갔다 하지 말고 제대로 정해. 공(公)을 위해선 자기 상관의 목을 가차 없이 베던 자가 이제 와서 사(私)를 따지고......."

유한은 얼굴을 찌푸리며 말을 잘랐다.

"좋소, 심검마. 내가 어리광을 부렸다는 걸 인정하겠소. 그 일은 넘어갑시다."

유한이 자기 잘못을 인정한 건, 진심이 아니라 짜증이 앞서 그런 것이었다.

그로 인해 피월려는 유한이 심적으로 상당히 불편해하고 있다는 것을 알 수 있었다.

더 자극할까?

아니다. 지금 멈추는 것이 가장 좋다.

피월려가 물었다.

"상장군의 일이 무엇이오?"

유한은 잠시 박소을과 피월려를 번갈아 보았다.

지부를 대표하는 사람은 박소을이지만, 말을 꺼낸 사람이 피월려이기 때문에 둘 중 누구와 대화를 지속해야 하는지 순간 판단을 내리지 못한 것이다.

그것을 눈치챈 박소을이 먼저 말했다.

"일대주와 이야기하시면 되오."

유한은 눈을 잠시 가늘게 모았다가 피월려에게로 시선을 옮겼다.

"그럼 단도직입적으로 결론부터 말하겠소, 심검마. 하북팽가에서 반란이 일어났다는 소식을 들었을 것이오. 그 와중에……."

"아니, 금시초문이오만."

"금시초문? 아니, 중원에 모르는 사람이 없는 이 일을 몰랐다는 것이오?"

"아시다시피 방금 병상에서 일어난 몸이오."

어처구니없는 소리에 유한은 박소을 슬쩍 보았다.

박소을은 빙그레 웃으면서도 입술을 굳게 닫고 절대 열지 않았다.

유한은 박소을과 피월려가 그를 놀리고 있는 것이 아닌가 하는 생각까지 들었다.

하지만 그들의 얼굴은 사뭇 진지했고, 뒤에 서 있는 마인들의 표정 또한 마찬가지였다.

진지하게 모르는 건가?

유한은 헛기침을 했다.

"그… 뭐… 좋소. 자세한 내막은 나중에 설명하겠소. 중요한 건, 하북팽가가 반란을 일으켰다는 것이오. 그들의 반란을 잠재우기 위해서 황제 폐하께선 본회에 직접 임시 병권을 주었고, 이로써 반란군을 잠재울 황군을 징병할 수 있는 권한이 본회에 생겼소."

피월려는 대수롭지 않다는 듯 말했다.

"상장군께서 큰 책임을 안고 계시오. 개인적으로 반란을 잘 진압하셨으면 하는 바람이오."

유한이 바로 말을 이었다.

"그 징병 대상은 누구나 가능하오. 나는 천마신교의 마인
들을 차출하고 싶소."

"아, 그 일로 지부에 찾아온 것이오? 무림인을 징병하겠
다……. 이는 시사하는 바가 대단히 크오. 이는 하나의 무림
세력에 황궁이 손을 들어주는 것과 진배없소."

"무림맹의 고수들 중 상당수가 이미 자원하였소. 그러나
황궁은 무림의 균형을 존중하는 바, 천마신교에서도 차출하
여 백도와 흑도 양쪽 모두에서 징집하기를 원하는 것이오."

"무림맹에서 반대하지 않겠소?"

"병권은 엄연히 본회에 있소. 그들이 상관할 바가 아니
오."

"그것은 우리에게도 역으로 적용되는 것이겠군."

"귀 교가 본회에게 바라는 조건이 있으면 말하시오."

피월려는 잠시도 고민하지 않고 즉시 말했다.

"반란을 잠재우는 일에 보탬이 되는 것인데 어찌 거부하
겠소. 다만 그 규모가 얼마나 되는 것이오? 그리고 또한 왜
이례적으로 무림인을 징병하려는 것이고? 그 이유를 설명해
주시오."

그 말을 듣자 유한의 표정이 조금 밝아졌다.

무림인의 생리를 잘 아는 그는 무림인을 징집하는 것이… 그것도 천마신교의 마인을 징집하는 것이 얼마나 어려운 일인지를 잘 알고 있었기 때문에 근심이 가득했었다.

그런데 일이 수월하게 풀릴 듯하니 마음이 한결 가벼워진 것이다.

그가 설명했다.

"하북팽가에서 사병을 꾸릴 때 군병들이 아닌 무림인들로 꾸렸소. 따라서 그런 소수의 무림인들을 상대하기 위해 백성들을 징병하여 상대하게끔 한다면, 상당히 많은 피를 흘리게 될 것이오. 황제 폐하께선 백성의 목숨을 소중히 생각하시어, 특별히 무림인들을 징병하여 하북팽가에 죄를 묻겠다고 결정하셨소."

그보다는 노동력의 부재가 치명적인 현 낙양의 상황 때문에 차마 징병을 할 수 없었기 때문일 것이고, 본격적으로 무림을 황궁 아래 두려는 심산일 것이다.

무림 전체를 무력으로 아래 둘 순 없을 터.

재력으로만 가능할 텐데, 그것이 과연 가능할 만큼 황궁의 부가 클까? 천도까지 쉽사리 하는 걸 보면 가능해 보이기도 한다.

피월려는 깊이 생각한 뒤 물었다.

"규모는 말씀하지 않으셨소."

"무림맹에선 일류고수 일백을 지원한다 했소. 적어도 그 정도는 귀 교에서 지원해 주어야 하오."

"거부한다면?"

"황제 폐하의 병권을 일임받았소. 이를 거부하는 건 황명에 따르지 않는 것이오."

"그래서? 그렇게 법대로 따져서 황명에 따르지 않은 천마신교와 전쟁이라도 할 것이오?"

"그렇게 되겠지. 아마 그때는 무림맹 전체를 징병하여 천마신교를 상대할 것이오."

"……"

피월려의 눈빛에서 예기가 돋아났다.

그것을 본 유한은 숨을 깊게 들이마시었다가 땅이 꺼질 듯 내쉬었다.

"하아……."

그 큰 한숨은 유한이 어깨 위에 짊어지고 있는 거대한 짐을 대변해 주었다.

피월려는 그것을 눈치채곤 넌지시 한번 찔러봤다.

"황제가 말썽이군."

유한이 버럭 소리라도 지를 줄 알았지만, 그는 웬일인지 깊은 한숨을 한 번 더 쉴 뿐이었다. 이로써 피월려는 유한의 입장을 완전히 이해할 수 있었다.

피월려가 위로하듯 말을 이었다.

"상장군의 자리도 꽤 힘들겠소."

유한이 고개를 좌우로 몇 번 저으며 말했다.

"현 황제 폐하께서는 관과 무림이 서로 상종하지 않는다는 철칙을 전혀 이해하지 못하시오. 내가 아무리 이해시키려 해도 중원인은 모두 자기의 백성이니 자기 명령 아래 있다는 논지만 펼치실 뿐이오."

"……"

"부탁이오, 심검마. 귀 교를 설득하여 고수들을 지원해 주시오. 일을 어렵게 만들면 둘 다 피해가 막심할 것이오."

부하의 목숨을 위해 자기 상관의 목을 가차 없이 벤다.

황명을 지키기 위해 자기 부하를 죽인 자에게도 낮아진다.

유한은 어떤 사람인가?

피월려는 문득 궁금해졌다.

"상장군의 목적이 무엇이오?"

"목적? 갑자기 무슨 말이오?"

"삶에서 무엇을 이루려 하는지를 묻는 것이오."

유한은 잠시 이해할 수 없다는 듯 피월려를 노려보았다. 그러다가 곧 자신을 뚫어지게 바라보는 피월려의 왼쪽 눈동자에서 진심을 느꼈다.

유한이 담담하게 말했다.

"대운제국과 그 제국 백성의 안녕이오."

"그 말은 진실이 아니오."

유한은 얼굴을 팍 일그러뜨리며 못마땅하다는 듯 말했다.

"갑자기 무슨 소리를 하는지 도통 알 수가 없군."

"그렇지 않소? 수만 수천이 타죽은 태화난에 침묵한 상
장군이 백성의 안녕을 목표로 한다는 말이 얼마나 허무
맹……."

쾅!

유한이 주먹으로 내려친 상이 산산조각 났다. 그의 전신
에서 뿜어진 살기는 그를 보는 모든 이의 살결을 차갑게 만
들었다.

"결단코 그 일을 묵인한 적이 없다! 나는 그것이 권문세가
의 저택을 폭파시키는 것으로만 알았을 뿐이다! 그런 천인공
노할 일이 일어날 줄 알았다면 절대로 허락하지 않았을 것
이다!"

그 엄청난 살기에 마인들은 제각각 마공을 운용하여 임전
태세를 갖추었다.

그러나 피월려는 손을 내저어 그들에게 진정하라고 신호
하면서 태연한 목소리로 유한에게 말했다.

"네가 모른 채 태화난과 천도 사업이 진행되었다면, 네 성

격을 잘 아는 윗선이 네게 진실을 숨긴 것이군. 그리고 그가 황제까지도 설득한 것이고. 그것이 가능한 사람은 손막 한 명뿐이지."

"……."

분노 어린 표정 속에서 아차 하는 표정이 살포시 드러났다.

피월려는 여유로운 목소리로 말을 이었다.

"무림인들까지 통치하고자 하는 생각을 과연 누가 처음 황제의 마음 밭에 심었을까? 이를 위해 황권을 높이려고 태화난 같은 일도 서슴없이 저지를 만한 자가 아니겠나?"

손막 대장군.

그가 생각나자, 유한은 당황한 듯 침을 꿀떡 삼켰다. 그러나 곧 표정을 굳히며 말했다.

"심검마의 심검(心劍)은 무공뿐 아니라 심계도 뜻하는 것이라더니……. 내게 그런 간사한 이간질이 통할 것 같으냐?"

"네가 백성의 안녕을 진정으로 생각한다는 건 믿겠어. 어차피 그건 무림인인 나와는 상관없는 일이야. 다만 경운제와 손막 장군은 무림인들을 손아래로 둘 수 있다면, 수십만의 백성들도 파리 목숨처럼 죽일 수 있을 것이다. 이미 태화난을 통해 증명했지."

"……."

"분명 천력탄은 본 교의 물건. 하나 이를 사용한 건 엄연히 귀족 자신들. 그리고 이로 인한 대량 살상을 암묵적으로 허락한 건 엄연히 경운제와 손막. 이는 모두 사실이지."

"안다. 내가 언제 천마신교에게 태화난의 책임을 묻는다 했느냐? 됐다. 조롱하고 싶으면 마음껏 해라. 하나 징병에 거부한 대가는 내가 이미 말했듯, 무림맹과의 전면전이 될 것이야."

유한은 자리를 박차고 일어섰다. 그런 그에게 피월려가 조용히 말했다.

"그리고 그 와중에 수많은 백성들이 죽겠지. 낙양 한복판에서 가장 큰 두 무림세력이 전면전을 펼치는데 이게 전란이 아니고 뭐겠어? 태화난이 또 반복되지 말라는 법도 없지."

피월려의 말에 유한이 우두커니 섰다. 그가 거칠게 숨을 쉬는데, 마음속의 분노를 어찌 해야 할지 갈피를 잡지 못하는 듯 보였다.

피월려가 자리에서 일어나면서 박소을을 보았다.

박소을은 살짝 고개를 끄덕였고, 피월려는 말을 이었다.

"지원하겠다. 백 명은 확정이고, 그보다 더 많은 수를 지원할 생각도 있다. 본 교도 황제를 등에 업은 무림맹과 전쟁을 할 순 없으니까."

유한의 표정이 크게 밝아졌다. 그는 마음을 놓았다는 듯 숨을 내쉬었다.

"후우, 생각 잘했다, 심검마. 많으면 많을수록 좋지."

"하지만 언젠간 둘 중 하나를 결정해야 하는 날이 오겠지. 그땐 네가 생각을 잘해야 할 거다."

유한은 코웃음을 쳤다.

"사내자식이 이간질이나 하다니……. 쯧, 내시 같은 놈."

그는 그대로 터벅터벅 걸어 사랑방 밖으로 나갔다.

박소을은 앞에 놓인 다과를 하나 집어 먹으면서 이 설전에 관한 짧은 감상평을 내놨다.

"희대의 양강지공을 익힌 일대주에게 내시라니……."

"……."

"그럼 지부로 향하도록 하겠소."

박소을이 자리에서 일어났다.

*　　　　*　　　　*

문을 지날 때마다 제재를 받던 입궁 때와는 달리, 출궁 때는 매우 순탄하게 밖으로 나갈 수 있었다. 황궁의 대문에 선 박소을은 마차에 올라타며 말했다.

"백여 명보다 더 보낼 생각이시오?"

피월려는 맞은편에 자리하며 대답했다.

"예. 혹 지부에 무리가 가겠습니까?"

"반대하려는 건 아니고, 그저 의중이 궁금해서 물었소."

마차는 천천히 움직이기 시작했고, 호법은 그 양옆을 따라 걸었다.

사람 걸음만큼이나 느린 속도라 마차 안은 마치 방 안에 있는 것처럼 편안했다.

피월려는 설명했다.

"만약 하북팽가 반란의 배후에 무림맹이 있다면, 그들이 꾸린 사병의 상당수가 백도 고수들일 겁니다. 그렇다면 그들과 전투할 시, 마인 백여 명으로는 충분하지 않습니다. 최대한 많은 고수들을 파견하여 이번에 확실히 무림맹을 압박해야 합니다. 황제의 이름 아래에서 싸울 수 있을 때 최대한 많이 백도 고수를 줄여주는 것이 좋다고 생각합니다."

"하북팽가 반란의 배후에 무림맹이 있다는 가정에 그토록 확신이 생긴 것이오?"

"유한은 손막의 부하이며, 상장군이라는 위치에 있는 자입니다. 그런 그가 겉으로 심란한 마음을 숨기지 못했습니다. 그 정도로 본 교와 손을 잡는 것을 꺼리지만, 그럼에도 불구하고 부탁까지 하는 것을 보면 정말로 난처한 입장에 있는 것이었습니다. 이는 그만큼 본 교의 고수가 필요하다는 증

거! 그 또한 하북팽가 반란의 배후에 무림맹이 있을 수 있다
는 의심이 있었기 때문에 본 교의 개입을 그토록 필수적으
로 생각하는 겁니다."

"흑백의 균형을 맞추기 위해 본 교의 고수를 징병하겠다
는 말은 거짓이라 보시오?"

"제가 더 많은 고수를 보낼 수 있다고 암시했을 때, 표정
이 눈에 띄게 좋아졌습니다. 만약 정말로 흑백의 균형을 맞
추기 위해서 본 교의 고수가 필요하다면, 그때 딱 정확히 필
요한 고수의 숫자를 말했을 겁니다."

"흐음… 확실히 그 부분은 모순이군. 그럼 얼마나 더 생각
하고 있소?"

피월려는 조금 놀란 표정으로 물었다.

"그것까지도 제가 정해도 됩니까?"

"전권을 위임하겠다는 말은 진심이오. 그들을 이끄는 역
할도 일대주 본인이 하셔야 할 것이니, 이번에 고수들을 직
접 꾸려서 집단전을 지휘해 보시오."

"존명."

피월려의 표정에는 감사함을 찾아볼 수 없었다. 대신 이
상하게도 묘한 의심이 머물고 있었다.

박소을은 대놓고 물었다.

"내가 일대주를 사지로 보내는 것 같소?"

"아닙니다. 장로가 되기 전에, 집단의 수장이 되는 경험을 해보라는 진심은 이해했습니다. 한데⋯⋯."

"한데?"

"무슨 일 때문에 제게 이렇게 모든 권한을 일임하시는 겁니까? 하북팽가의 일은 단순히 낙양지부급의 일이 아니라 외총부급의 일입니다. 이런 일조차 제게 맡기시는 이유가 단순히 제게 경험을 쌓게 하기 위해서라고 생각하긴 어렵습니다."

"내 다른 일이 있어 그렇소."

피월려도 내놓고 물었다.

"청룡궁의 일입니까?"

박소을과 피월려의 눈이 서로를 바라보았다. 그들은 서로의 감정을 읽으려 했으나, 오로지 서로의 감정을 읽으려 한다는 사실만을 알 수 있었을 뿐이었다.

그 아래 정확히 무슨 감정이 있는지는 둘 다 알아차릴 수 없었다.

박소을이 침묵을 깼다.

"이대주, 방음막을 펼치시오. 나와 피월려 이외에 이 대화를 엿듣는 자가 있다면 내 직접 그자를 죽일 것이오. 이는 이대주 본인도 포함이오."

그의 말이 끝나자, 피월려와 박소을 주변의 공기가 서서히 멈춰 섰다.

그러곤 반원 모양의 일정한 간격에 흐릿한 방음막이 생겨
났다.

박소을이 말을 이었다.

"어찌 알았소?"

피월려는 나지막하게 말했다.

"전에 흑무수께서 총주님께 전권을 맡기실 때도 같은 일
때문 아니었습니까? 이젠 그들이 총주님을 방해하려 한다는
생각이 들었습니다."

"……"

"제게 말씀하지 않으신 것을 보면, 제가 상관하는 것을 원
하지 않으시는 걸로 알겠습니다만, 그들과의 일은 제 스승님
과도 관련되어 있습니다. 즉 제 일이기도 합니다."

"그들에 관해서 전에 알던 것보다 더 알게 된 것이 있소?"

"아닙니다. 그때와 다르지 않습니다."

"흠."

"제 스승님과 흑무수께서는 둘 다 천룡궁 인물이었음을
압니다. 그런 그들이 총주님의 신변까지 위협한다면 이젠 제
가 알아도 될 일이 아닙니까?"

"……"

"총주님."

박소을은 깊게 고민하는 듯싶었다. 굳게 닫은 입을 열 방법이 도저히 떠오르지 않자, 피월려는 반쯤 포기한 심정으로 가만히 있었고, 오히려 그 침묵이 박소을의 입을 열게 만들었다.

"청룡궁은 청룡을 섬기는 곳. 그들의 주민들은 스스로를 용이라 부르는데, 이는 그들이 가진 특이한 체질 때문이오."

"특이한 체질이라면?"

"그들의 체질은 편의상 용아지체(龍牙之體)라 하는데, 이는 청룡의 이빨에서 태어나 청룡의 이빨이 되며 죽기 때문이오. 이들은 내공이 없이 육신만으로도 괴력을 내며, 정신에 침투하여 환각을 보여주는 환술을 사용하오."

"환각이라 하심은… 혹 용의 모습으로 변화하는 것 말씀이십니까?"

"오, 일대주도 아는가 보군. 그 환술의 무서운 점은 단순히 환각을 일으키는 것뿐만 아니라, 정신을 피폐하게 만든다는 점이오."

피월려는 일 년여 전, 용조와의 싸움을 기억했다. 그때 그가 용으로 변하는 환각을 보고, 정신이 피폐해져 폭주까지 이어졌었다.

피월려가 말했다.

"예. 용안심공을 완전히 익히기 전이라 속수무책으로 당했었습니다."

"그것은 마음에 직접적인 해를 끼치는 능력이오. 보통 인간의 정신으로는 감당하기 어려운 이계의 것을 봄으로써 정신적인 피해를 입게 되지."

피월려는 그들의 무공에 별로 관심이 없었다. 다만 은근슬쩍 중요한 부분을 넘어가려고 하는 박소을의 태도에 더욱 관심이 생겼다.

"청룡궁과 관계가 없는 총주님께서 어찌 이리 잘 아십니까? 흑무수께서 말씀해 주신 겁니까?"

"내가 이 사실들을 알고 있는 건 미내로의 고향에 스파르토이(Spartoi)라 하는 비슷한 자들이 있어, 대강 알고 있을 뿐이오."

"그럼 그들이 총주님의 목숨을 노리는 이유가 무엇입니까?"

박소을이 말했다.

"솔직히 나도 잘 알지 못하오. 내가 서화능과 어떤 특별한 관계가 있었다고 생각하는 듯싶소."

피월려는 박소을의 말이 전부 사실일 것이라 순진하게 받아들이지 않았다.

박소을은 항상 교묘하게 사실을 숨기는데, 이미 여러 번 당한 피월려는 분명 그 말 뒤에 또 다른 진실이 있을 것이라 확신했다.

다만 피월려도 짐짓 믿어주는 척하며 좀 더 물었다.

"본부에선 이를 알고 있습니까?"

"백도의 암습쯤으로 생각하고 있소. 백도의 중심인 하남성에 위치한 낙양지부에 있으니, 이 정도의 암살 위협은 당연하다고 믿는 모양이오."

"역시… 호법은 그를 위한 호법이군요. 백운회에서 함정을 파놓았을 리가 없다던 총주께서 왜 호법을 데리고 왔는지 의문이었습니다."

박소을이 창밖을 내다보며 말했다.

"후 장로를 만났던 그날에도 일대주를 보낸 후, 청룡궁의 자객이 찾아왔소. 그 환술 때문에 엄청난 심력의 소모가 있어 지금도 온전히 생각할 수가 없소. 말실수도 그렇고, 간단한 계획조차 짜기 힘들지. 서화능도 그렇게 죽어갔소."

"그래서 지부에서 잘 나오지 않으시는군요."

"아마 조만간 미내로에게 치료를 받아야 할 것이오. 정신을 혼잡하게 만드는 그 환술은 마공에 있어 극상성이오. 자칫 잘못하다간 폭주하고 말지. 치료하는 동안 일대주가 하북팽가의 일을 잘 처리하시오."

"제가 하북팽가로 떠나면 낙양지부는 어찌합니까?"

"천 공자에게 맡겨야 하겠지. 아니면 천 공자가 하북팽가로 가도 되고. 그 일은 천 공자와 상의하여 결정하시오."

"존명."

천서휘랑 마주하고 상의를 하라니…….

피월려는 상상하는 것만으로도 끔찍한 기분이 들었다.

쿠콰쾅!

"……."

"……."

엄청난 굉음을 내며 천장을 뚫고 들어와 피월려 다리 사이에 박힌 동그란 물체.

그것은 굉장히 무거워 보이는 바퀴였다.

"막아라! 어서 마… 쿨컥!"

단말마와 함께, 바퀴가 뚫어놓은 천장으로 누군가 떨어졌다.

쿵!

용조의 당황한 얼굴이 피월려와 박소을 사이를 가로막았다.

피월려는 태극지혈을, 박소을은 주먹을 내질렀다.

그러나 그들의 공격은 빗나갔다.

절묘한 솜씨로 용조가 피한 것이 아니었다.

단순히 용조가 마차의 바닥을 뚫고 그대로 떨어져 버린 것이다.

우당탕!

그 여파로 인해서 마차가 앞뒤 둘로 쪼개지는 와중에 피월려와 박소을은 서로를 보았다.

도대체 뭐 하는 놈인가?

암살인가?

낙양 시내에서?

그것도 호법이 가득한데?

위에서 떨어지는 건 뭐고?

착지도 아니고, 그냥 마차를 쪼개면서 떨어져?

그 당황한 표정은 또 뭐고?

수많은 의문을 남은 누 표정을 한마디로 말하면 황당 그 자체였다.

나뭇결에 서서히 금이 가면서 피월려가 앉은 뒤쪽 부분이 떨어져 나갈 때쯤, 박소을이 말했다.

"도망가는군."

"쫓겠습니다. 지부로 향하십시오. 총주께서 이런 일에 휘말리시는 건 안 됩니다."

박소을이 뭐라 말하려는 사이, 마차는 완전히 쪼개져 사이가 완전히 멀어졌다.

피월려는 보법을 펼쳐 자세를 잡아갔다.

탓! 탁!

몇 번의 발길질로 속도를 줄인 그는, 저 멀리서 도주하는 용조를 보고 주하에게 전음을 했다.

[먼저 쫓으시오. 따라가겠소.]

그 즉시 어둠 속에서 모습을 드러낸 주하는 엄청난 속도로 경공을 펼쳤다.

은밀함을 포기한 채, 온전히 속도만을 생각한 주하의 경공은 피월려로서 도저히 따라 할 수 없는 수준이었다.

피월려의 경공 실력으론 눈에 보이는 주하를 겨우 쫓아가기 바빴다.

채 한 각도 되지 않아 주하가 아득한 점으로 보일 지경이었고, 그는 속도를 더 높이기 위해서 전각 위로 올라가 내달리기 시작했다.

주하의 그림자는 낙양의 동쪽으로 향했고, 그곳은 평민들이 주로 거주하는 지역이었다.

낙양성 안이지만 완전히 개발이 되지 않아 듬성듬성 동산과 나무와 언덕이 있는 곳으로, 동쪽으로 가면 갈수록 사람의 숫자가 줄어들었다.

어느덧 주하의 모습이 작아지지 않고 오히려 점차 커지기 시작했다.

그녀는 용조와 전투를 벌이고 있는 듯했는데, 대낮에 번개가 몇 번이나 번쩍이는 것을 보면 최고의 비기인 뇌지비응까지 연거푸 사용하는 듯했다.

피월려가 도착했을 땐, 기절한 주하의 목덜미를 잡고 있는 용조가 검을 그녀의 심장에 꽂는 시늉을 하고 있었다. 그는 한 손에 검을 들고 다른 쪽 팔목에는 무거운 륜(輪)을 장착해 방패처럼 사용하는 듯했다.

용조가 말했다.

"더 다가오면 이 여자의 목숨은 없다, 용안의 주인."

"용조… 오랜만이군."

용조는 피월려의 몸을 이리저리 훑다가 말했다.

"그 간사한 이계 놈과 한패거리가 되다니, 역시 그때 죽였어야 해. 그동안 엄청난 성장을 했군. 배신자의 비호를 받으니 좋은가?"

"무슨 뜻이지?"

"대답해라. 이계 놈과 한패가 된 것이냐?"

"내가 왜 대답해야 하지?"

"대답하지 않으면 이 여자를 죽인다."

"대답한다고 죽이지 않을 보장도 없지."

"대화가 안 되는 놈이군."

"지금 하고 있는 건 대화가 아닌가?"

피월려의 설검에 용조는 고개를 절레절레 흔들었다.

"네놈이 저 이계 놈에게 붙었다면, 상황이 달라지지. 이 여자를 살리고 싶다면, 나를 쫓지 마라."

그 말이 끝나기 무섭게 피월려는 태극지혈을 출수했다. 설마 즉시 검을 내지를 줄 몰랐던 용조는 그 검을 도저히 피할 수 없으리란 걸 알았다.

용조는 주하를 방패로 삼아 피월려에게 던졌다.

그러나 태극지혈은 이미 피월려의 손으로 되돌아가고 있었다.

용조가 주하를 던질 것을 이미 알고 그렇게 한 것이다.

털썩.

주하를 받아 든 피월려는 그녀를 땅에 가지런히 눕히고 용조를 보았다.

용조의 모습은 이미 용의 형상으로 변해 있었다. 그러나 어떤 두려움도 마음속에 스며들진 않았다.

용조의 환술로는 용안심공의 황홀경과 금강부동심법의 부동심을 깨뜨릴 수 없었던 것이다.

"일대주님! 괜찮으십니까?"

뒤에서 쫓아온 삼대원들은 총 다섯 명. 호법 중 부상이 없는 자들만 박소을의 명령을 받고 피월려의 뒤를 따라온 것이다.

피월려는 그들에게 말했다.

"저자는 마음을 혼탁하게 하는 환술을 쓰오. 환술에 대항할 심공을 익히지 않았다면 눈을 마주치지 말고 물러서시오. 아니면 마공이 폭주할 것이오."

피월려의 말에 삼대원들의 얼굴이 굳었다.

두려울 것이 없는 마인에게 가장 두려운 것이 있다면 바로 마기의 폭주다.

평생을 산에서 산 산악인에게 가장 두려운 곳은 다름 아닌 산.

산악인은 산에서 가장 많이 죽는다.

이는 마인도 마찬가지.

마를 다루며, 마를 익히는 마인이 가장 많이 죽는 사인은 바로 마기의 폭수이다.

삼대원은 빠른 상황 판단 후 말했다.

"이곳은 본 교도 무림맹도 영향력이 없는 범인들의 거주 지역입니다. 속전속결이 아니라면 백운회에 덜미를 잡힐 것이니, 그냥 놔주는 것이 오히려 현명한 판단일지 모릅니다."

피월려가 대답했다.

"십 초까지 승부가 나지 않는다면 귀환하겠소. 그때까지 주시하고 있다 일제히 발경하시오."

"존명."

피월려는 땅이 파일 정도로 강한 힘으로 도약하여 용에게 뛰어올랐다.

용은 두 날개를 하늘 높게 펼치고는 그 거대한 팔로 잡은 검을 크게 휘둘렀다.

캉!

검격을 교환한 피월려는 팔이 떨어져나갈 것 같은 충격에 작게 신음했다.

마기를 잔뜩 머금은 근육으로도 그 용의 힘에는 못 미치는 듯했다.

피월려는 태극지혈을 양손으로 잡아가며 자세를 잡고, 횡으로 검기를 쏘았다.

그러자 용은 다른 팔에 달린 륜을 들어 그 검기를 막으려 했다.

내력이 담기지 않은 물체는 검기에 속수무책.

내력이 없는 용이 그 륜에 내력을 불어넣을 수 있을 리 만무할 터.

그러나 놀랍게도 그 륜은 피월려의 검기를 소멸시켰다. 피월려는 그 놀라운 현상을 다시금 확인해 보기 위해서 어기충검을 펼쳐 태극지혈에 검기를 둘렀다.

캉! 캉! 캉!

수차례의 검격이 교차하는데, 용이 들고 있는 검은 내력이 전혀 없이도 어기충검이 된 피월려의 태극지혈을 잘만 막아내었다.

피월려는 마치 동등한 내력을 가진 어기충검이 된 검과 검격을 교환하는 것 같은 기분이 들었다.

약속한 십 초가 순식간에 끝났고, 피월려의 등 뒤에서 다섯 마인이 각각의 무공으로 발경했다.

권풍과 각풍, 그리고 장풍이 날아오자, 피월려는 뒤로 훌쩍 뛰었다.

용은 그 무거운 륜을 자유자재로 움직이며 다섯 개의 발경을 모조리 막아냈다.

피월려가 말했다.

"대단한 검이군. 검기를 막다니."

용은 서서히 모습이 변하여 용조가 되었다. 용조는 그 검을 내려다보며 부드럽게 말했다.

"배신자가 죽인 내 동생이다. 당연히 대단하지. 뭐, 그자도 죽음에 이르렀으니 괜찮은 교환이지만."

"뭐?"

"검에 살기가 없는 걸 보니, 내게 묻고 싶은 것이 있나 보군."

"산더미지."

"단순히 이용을 당하고 있는 건가……."

"무슨 소린가?"

갑자기 용조의 시선이 피월려의 뒤쪽으로 향했다. 그 후,

그는 바로 몸을 돌려 마지막 말을 남겼다.

"만나고 싶거든, 무영비주에게 말해라."

용조는 그렇게 말한 후, 다시 그 엄청난 속도를 내며 동쪽으로 내달렸다.

피월려가 뒤를 보니, 저 먼 곳에서 백운회로 보이는 고수들이 경공을 펼쳐 오고 있었다.

삼대원이 말했다.

"벌써 발각됐습니다."

피월려가 말했다.

"괜찮소. 범인 중 다친 사람이 없고, 백운회는 우리에게 아쉬운 입장이니 별 탈 없을 것이오. 차분히 기다리시오."

"존명."

피월려는 이미 점같이 변한 용조를 날카로운 눈빛으로 바라보고 있었다.

*   *   *

백운회의 고수에 의해서 연행된 피월려는 별다른 조사 없이 수월하게 나올 수 있었다.

다친 사람도 없고, 자객도 사라져 버려 행방이 묘연하니, 간만에 마인들이 모여 신나게 달리기를 한 것뿐이라는 피월려의 주장을 반박할 수 없었기 때문이다.

물론 원한다면 백운회에서도 이 문제를 들어 피월려를 귀찮게 할 수 있었지만, 징병 문제 때문에 더 이상 천마신교와 마찰을 만들고 싶지 않았던 유한은 특별히 피월려를 그냥 놔주었다.

달리기는 지부 안에서 하라는 권고와 함께.

하늘이 석양으로 물들 때쯤 지부로 귀환한 피월려는 박소을과 만났다.

상황을 보고한 그는 전권을 위임하니 알아서 하라는 박소을의 명에 꽤나 심심하게 그 방에서 나왔다.

이후, 그는 혈적현을 만나기 위해서 그의 연구실로 향했다.

혈적현의 연구실은 본래 그의 침실이었으나, 침상을 제외한 모든 가구 및 물품이 연구를 목적으로 하는 것이었기 때문에 오래전부터 그는 자기 방을 연구실이라 불렀다.

깨어 있던 시간보다 정신을 잃었던 시간이 많던 피월려는 꽤 오랜만에 그의 방에 들어가는 셈이었다.

매번 들를 때마다 더러움에 한계라는 것이 존재하지 않는다는 것을 배운다.

보다 더 혼란스러운 형태의 가구와 물품의 배치가 도저히 존재하지 않을 것이란 예상을 너무나도 쉬이 깨버리고, 전혀 예상치 못한 혁신적인 더러움을 보여주었다.

하물며 더러움에도 한계가 없는데, 무학에는 있으랴? 피월려는 혈적현의 방에 올 때마다 도저히 위가 보이지 않는 천마급 무위에서도 그 위가 반드시 존재하리라 믿어 의심치 않았다.

"뭘 그리 뚫어지게 보고 있어. 왔으면 앉아."

눈을 잃은 친우를 보자마자 하는 소리치곤 참으로 인색했다.

피월려가 방문할 때마다 항상 앉았던 그의 자리는 역시나 이상한 물건들과 흙먼지로 가득했고, 그는 그것들을 하나하나 내려놓고, 먼지를 털어내었다.

피월려는 그 자리에 앉으면서 뒤돌아보지도 않고 자기가 하는 일에 열중하고 있는 혈적현에게 말했다.

"뭘 연구하고 있나?"

혈적현은 퉁명스러운 목소리로 말했다.

"폭탄."

"전에도 폭탄을 연구했잖아?"

"암기 중에 폭약만큼 강력한 건 없어. 무공을 모르는 자가 무림인을 이기기 위해선 반드시 폭탄을 사용해야 한다는 것이 내 연구 결과이다."

능수지통의 함정에 빠졌을 때 피월려의 힘을 가장 빼놓은 것도 바로 폭약이다.

폭발로 인한 화기는 면(面)으로 들이닥치기 때문에 검막(劍膜)의 수법을 내포한 검공을 모르는 이상 막을 수 없다. 아니면 반탄지기로 몸을 보호해야 하는데, 둘 다 내력의 소모가 극심하다.

피월려가 물었다.

"그전에 연구하던 암기는? 그 왜, 내력 없이 무영비와 같은 수준으로 비도를 쏠 수 있다는 거 말이야."

"하다 도저히 길이 보이지 않아 관두었다. 물리적인 건 어떻게든 막히게 되어 있어. 내력이 없는 물질은 내력이 닦긴 걸 이길 수 없지."

피월려도 그 당연한 사실에 반박하고 싶지 않았다.

다만 낮에 있었던 경험은 그와 정반대의 사실도 가능하다는 걸 증명했기에, 내력이 없는 혈적현에겐 누구보다도 희소식일 것이다.

그러나 그것을 받아들일지는 미지수.

설명할 생각을 하니 피월려는 한숨부터 나오는 것 같았다.

"오늘 낮에 용조와 싸웠다."

"용조? 낙양에 있었나? 연락이 되지 않았었는데."

"총주의 목숨을 노리니 그 아래 있는 너와는 당연히 연락

하지 않았겠지."

혈적현의 남은 한 손이 멈췄다.

"뭐?"

"하여간 그게 중요한 게 아니야."

"그보다 중요한 게 어디 있나? 총주님의 목숨을 노린다며?"

동그란 눈동자로 뒤돌아본 혈적현을 보며, 피월려는 별거 아니라는 듯 어깨를 들썩였다.

"진짜 중요해?"

"……"

"솔직히 안 중요하지. 안 그래?"

혈적현은 고개를 돌리고 다시 자기 일에 집중했다.

"뭐… 상관이니 중요한 척이라도 해라, 웬만하면."

"우리 둘만 있는데, 뭐."

"주 소저도 있잖아."

"이해하겠지. 솔직히 그 정도의 암살자 하나 못 떨궈내면 총주 자리에 있을 자격이 없는 거 아닌가?"

"문제는 내가 엮여 있다는 것이다. 다르게 보면 하극상으로 보일 수도 있어."

"몰랐잖아. 일단 그게 중요한 것이 아니고……."

혈적현은 말을 잘랐다.

"뭐가 그리 중요해서 단 한 번도 자발적으로 내 연구실에 들어온 적이 없는 네가 스스로 들어왔는지 궁금하군, 그래, 말해봐."

피월려는 빙그레 웃고 대답했다.

"싸우는 도중, 내가 어기충검으로 공격했는데, 그걸 내력도 없는 검으로 막았어."

"설마 그런 헛소리를 하려고……."

"정말이다. 게다가 권풍, 각풍, 그리고 장풍까지도 모조리 막는 방패가 있었다. 이도 내력이 없이 막은 것이지."

"용조는 내력이 없는 대신 괴력을 내는 특이한 신체를 가셨다. 그래서 내력을 담아야 효과적으로 위력을 낼 수 있는 병장기를 쓰지 않고 자기 몸을 쓰는 것이다. 이에 적이 방심하는 경우가 많지. 그래서 살수론 실격인 놈이지만, 맡은 일을 실패한 적이 없다."

피월려는 위에서 마차로 돌진한 그를 회상하며 살수론 실격이라는 말에 동의하지 않을 수 없었다.

그가 말했다.

"자기 동생이라는군. 방패로 쓰던 류도 자기 동생이 쓰던 것 같아."

"아, 그 여동생. 기억난다. 근데 그 동생이 왜?"

"자기 동생이라니까."

"그니까 그 동생이 뭐?"

"그 검이 자기 동생이라고 했다고."

혈적현은 손을 탁 멈추고 돌아앉았다.

"진짜 뭐라고 지껄이는 거냐? 어기충검을 내력도 없이 막았다고 하질 않나, 인간이 검이라고 하질 않나……. 이 야밤에 할 게 그리 없어서 내 연구를 훼방 놓으려고 들른 것이냐?"

피월려는 한숨을 푹 하고 쉬었다.

"후우, 진짜 그리 말했다니까?"

"용조가 자기 입으로?"

"어."

"자기 검이 동생이라고?"

"어!"

"무슨 뚱딴지같은……."

"용아지체라고 뭐……. 아, 나도 모르겠다. 하여간 그런 게 있… 어. 잠깐만!"

"왜?"

"서화능이 전에 그런 말을 했었는데……."

"뭐가 말이냐?"

피월려는 자리에서 벌떡 일어나더니 턱을 몇 번이나 쓸었다.

"무슨 검을 닦으면서… 연인이 검이 됐다고……."

"서화능은 갑자기 왜 나오고? 너 도대체 무슨 소리 하는 거냐?"

피월려는 갑자기 우두커니 섰다.

"천서휘하고 대화하나?"

"지부에서 너 말곤 다 해."

"천서휘에게 물어봐라."

"그니까 뭘?"

"서화능도 용조도 같은 곳 출신이야. 서화능이 닦던 그 검도 연인이 변한 것이라 했으니, 용조가 가지고 있는 검과 같은 재질이겠시. 진짜로 여자가 검이 되었든, 아니든, 그게 무슨 뜻이든 간에 상관없이……. 그 두 검이 다 같은 재질이라는 건 확실해."

"그래서?"

"서화능의 검은 분명 천서휘에게 남겨졌을 것이다. 천서휘가 그 검을 받았다면, 그 검도 분명 내력 없이 내력을 담은 검을 상대할 수 있을 것이다."

혈적현은 피월려를 보며 고개를 흔들었다.

"네 말이 전부 사실이라고 해도, 천서휘에게 스승의 유품을 빌려다가 검에 내력을 집어넣고 한번 잘라봐도 되겠냐고 물어보라는 거냐?"

"유품이 검이니까, 본인이 사용하고 있을 수도 있어. 그러면 한 번쯤은 그런 경험을 했겠지. 그냥 그것만 물어봐도 되지 않나?"

"……."

"내 말이 거짓말처럼 들리면 그냥 물어보기만 해."

"아니… 생각해 보니까 검을 바꿨던 것 같다."

"천서휘가?"

"그래."

"그렇다면 다행이군. 잘라볼 필요가 없으니."

"……."

"희소식이지? 안 그래?"

혈적현의 표정은 좋아지는가 싶더니 다시 심각하게 변했다.

"내력이 없이 내력이 담긴 물질을 감당하는 물체라…….
아니, 불가능해."

"내가 직접 경험한 것이다."

혈적현은 고개를 연신 흔들며 스스로에게 말하듯 중얼거렸다.

"그냥 말이 안 되는 거다. 색즉시공(色卽是空)! 이 세상의 모든 물체의 본질은 공(空)이다. 아무리 단단한 물질이라 할지라도, 구 할 이상이 공(空)으로 이뤄져 있어. 아무리 부드러운 물질이라도 내력을 주입하여 그 공을 채우면 아무리 단단한 물질이라도 그 경도를 이길 수 없다."

"색즉시공이 진실이라면 공즉시색(空卽是色) 또한 진실이지. 공을 색으로 바꾸는 물질이 있다면 가능하다."

혈적현은 여전히 회의적이었다. 그는 신경질적으로 말했다.

"그 공을 색(色)으로 바꾼 게 바로 내력이야! 모든 내공의 뿌리는 소림파. 그들이 내력의 존재를 색즉시공 공즉시색으로부터 발견했고, 그 이후에 각종 내공이 탄생했지. 이것이 가능하려면 가장 먼저 색과 공을 구분할 수 있는 자아가 필요해. 인간의 개입 없이 공과 색의 구분은 불가능하니, 물질 스스로 내력을 만드는 건 어불성설이다."

"자아가 인간밖에 없더냐?"

"이면의 세계를 말하려거든 그만둬라. 거긴 진실도 뭐도 없다. 그리고 너와 좌도에 대해서 논할 생각도 없다."

"내 검이었던 역화검도 인간의 원혼으로 만들어져 스스로 내력의 흐름에 관여했어."

"그건 인간의 원혼이기 때문이다."

"서화능의 검과 용조의 검도 여인들로부터 만들어진 것이라 하지 않았냐? 그러니 스스로 내력을 가지는 것도 가능하지."

"그것과는 다른 이야기이다. 아예 내력이 없다며?"

"만년한철의 경우도 있어."

"관둬. 세상의 신물에 관해선 너보다 내가 수천 배는 더 잘 아니까."

피월려는 자리에서 일어났다. 그리고 혈적현에게 다가가 그의 어깨에 손을 올렸다.

"공학 같은 거 그만둬. 지금부터라도 다시 검공을 익히……"

혈적현이 그의 손을 탁 하고 쳐냈다.

"실험 도와줄 거 아니면 나가."

"……"

"나가라니까!"

말은 그렇게 해도, 누구보다 그 말들을 곱씹을 것이다.

피월려는 한참 서 있다, 곧 걸음을 옮겼다.

방을 나서기 직전, 피월려가 입을 열었다.

"용조와 만남을 주선해. 용조가 네게 연락할 거다."

혈적현은 감정을 추스르고 대답했다.

"총주님을 노린다는 것을 알게 된 이상, 단순한 만남이 될 순 없을 것이다."

"안다. 일단은 함정을 파는 걸로 하지."

"……"

"부탁한다."

피월려는 그 말을 남기고 지부의 지하로 내려갔다.

어두컴컴한 지하의 한구석에는 그가 심문할 류서하가 감금되어 있었다.

방 중앙에서 만년한철로 된 쇠사슬에 양손을 머리 위로 묶인 채 가느다란 두 다리로 서 있는 류서하의 얼굴은 매우 피곤해 보였다.

며칠간 앉지도 못하고 계속해서 서 있었으니 무림인이라 할지라도 몸이 곤하지 않을 수 없었다.

그러나 이러한 상황도 천음지체의 아름다움에는 조금도 흠을 내지 못했다.

오히려 연약함이 한층 가중되어 더욱더 남성의 음심을 자극하는 듯싶었다.

그런 류서하를 지금껏 관리, 감시했던 제갈미는 한쪽 의자에 앉아 있었다.

그녀는 끼니도 가져다주고 매일 몸도 씻겨주었는데, 천음지체의 미모에 음심을 품고 흉악한 짓을 할 마인들을 대신해서 그 일을 자청한 것이었다.

피월려는 촛불을 이용해 방 안을 조금 더 환하게 밝히고 제갈미에게 말했다.

"상태는?"

"다 준비했어."

"고마워."

"나갈까?"

"아무래도 그게 좋겠지?"

"알았어. 나는 방에 있지, 뭐."

제갈미가 미련 없는 발걸음으로 밖으로 나가자, 류서하는 불안함과 경계심이 반반씩 담긴 눈빛으로 제갈미와 피월려를 번갈아 보았다.

이내 제갈미의 모습이 완전히 사라지자, 그녀의 눈빛에는 오로지 경계심만이 가득했다.

"대, 대주께서 심문하시는 건가요? 그런데 정말로 눈을 다 치셨군요?"

피월려는 제갈미가 앉았던 의자를 가져와 류서하 앞에 앉았다.

"지부에 있는 옥은 마기가 폭주한 자들을 위해 있는 것이라, 부득이하게 이렇게 홀로 감금시킨 건 미안하게 되었소. 그리고 류 대원의 몸과 내공도 상하게 하고 싶지 않아 만년한철을 쓴 것이오. 불편하더라도 이해하시오."

피월려의 부드러운 목소리에 이상함을 느낀 류서하는 말을 더듬었다.

"제, 제갈 소저가 말한 주, 준비가 뭔가요?"

피월려는 이제 막 깨달았다는 듯 연기했다.

"아! 그건 별거 아니오. 심문을 위한 준비요."

"고, 고문을 하실 생각인가요?"

"설마. 몸과 내공을 상하게 할 생각은 추호도 없소. 그랬다면 이미 했겠지."

"그럼 심문이란 건……."

"이것으로 할 것이오."

피월려는 조용히 품속에서 약병 하나를 꺼냈다.

그 투명한 약병은 손가락만 한 크기로 속에 붉은 액체를 담고 있었다.

이를 본 류서하의 아미가 찌푸려졌다.

"독인가요?"

"아니, 그랬다면 억지로 먹여야 하지 않소? 그것도 고생이지. 이건 그냥 해독제요."

"에?"

"소저는 이미 독을 먹었소."

"무, 무슨. 독이라고요?"

피월려는 갑자기 입을 삐쭉였다.

"아, 아, 아, 사실 독은 아니지."

"그, 그럼?"

"그냥 음기를 북돋워주는… 뭐 그런 거요."

"음기라고요?"

"그렇소."

류서하의 눈빛에서 살기가 폭사되었다.

"이 색마!"

피월려는 그녀의 살기가 아침 햇살이라도 되는 것처럼 온몸으로 즐기며 음탕한 미소를 지었다.

"고귀한 출신의 여성은 목숨보다 순결을 소중히 여긴다는데, 류 소저도 그렇게 생각하는지 확인해 봐야겠소."

"제, 제갈미가 허락했을 리 없어요."

"사실 그녀 생각이오."

"그, 그런! 이, 이 천한……."

순간 피월려의 눈빛이 냉혹하게 변했다.

"절박한 상황이 되니, 본심이 나오는군."

그의 눈빛이 달라진 것을 본 류서하는 입을 꽉 다물었다.

정적이 흘렀다.

피월려는 살벌한 눈빛을 거두고는 다시 딱딱한 목소리로 말했다.

"소저는 내가 묻는 말에 모두 대답해야 할 것이오. 아니면 소저가 먼저 내 품에 안기려고 발버둥을 치게 될 테니 말이오."

"더러운 새, 색마!"

"대답을 하든 안 하든 나는 상관없으니, 본인 뜻대로 하시오."

피월려는 느긋한 자세로 의자에 앉았다.

제칠십구장(第七十九章)

날아오는 발에는 고명한 수법을 눈곱만큼도 찾아볼 수 없었다.

아무리 각법이 다리를 쓰는 무공라고 해도 다리만 쓰는 것이 아니다.

무공이란 온몸의 힘과 내공을 함께 다루어 펼치는 것. 무형(無形)의 각법이 아닌 이상, 손이 머리 위로 포박당한 채로 펼치면 각법이라도 할지라도 온전히 펼칠 수 없다.

피월려는 가볍게 피할까 고민하다 생각을 바꿔 오른손을 내력으로 보호했다.

그리고 자세를 살짝 낮게 잡아 날아오는 류서하의 다리를 잡았다.

착!

다리에 담긴 내력과 오른손에 담긴 내력이 서로 부딪치자, 눈에 보이지 않는 내력의 씨름이 시작되었다.

근육으로 잘 다져진 남자의 몸과 가냘픈 여인의 몸은 그 근력에 상당한 차이가 있지만 그 속에 담긴 내력을 생각하면 물리적인 힘의 차이는 부수적인 요소일 뿐이다.

밖으로는 도저히 승패를 판단할 수 없는 내력의 싸움은 고요한 가운데 치열하게 계속됐다.

그 와중에 피월려는 살짝 숙인 무릎을 가볍게 폈다.

그러자 자연스럽게 그가 들고 있던 류서하의 다리가 올라갔고, 이는 시원한 게 뻗은 다리의 각도 또한 올라가는 결과를 초래했다.

피월려가 완전히 서자, 류서하의 궁장치마는 그녀의 허벅지의 끝을 아슬아슬하게 가리는 형국이었다. 그가 다리를 바닥에서 떼며 더욱 가까이 오려 하자, 류서하가 그 즉시 앙칼지게 소리쳤다.

"다가오지 마세요."

다가서던 걸음을 멈추곤 피월려가 말했다.

"심문을 하려면 질문을 해야 하는데, 그러기엔 지금 거리가 너무 멀지 않소?"

"파렴치한."

"뭐… 그렇다면."

피월려는 한 발짝 류서하 쪽으로 걸음을 옮겼다.

그와 동시에 다리의 각도는 더 올라갔고, 궁장치마의 끝이 치골에 정확히 걸쳐졌다. 류서하의 얼굴에는 홍조와 수치심이 동시에 떠올랐다.

"그, 그만! 다리를 놔줘요!"

"다리를 뻗은 건 소저가 한 짓이오. 나는 막았을 뿐이지."

"말도 안 되는 소리."

"각법의 솜씨를 보아하니 따로 익힌 것 같진 않은데, 다리가 상당히 유연하시오. 여기까지 올리는 데 고통을 느끼지 않는 걸 보면, 무슨 특수한 무공을 익혔소?"

"억지 부리지 마세요. 이 정도는 어느 무림인이든 올릴 수 있어요."

"손이 머리 위로 포박된 채 허리를 꼿꼿이 편 상태로 한 점 흐트러짐 없이 그러긴 힘들지. 아니면 허리를 꼿꼿이 펴야 하는 이유가 있다든가?"

"그거야……."

류서하는 말을 삼켰다. 조금이라도 허리를 숙이면 다리의 각도는 더 올라가게 되게 되고, 그렇게 되면 피월려의 시야에 보이면 안 되는 것이 보이기 때문에 어쩔 수 없이 몸을 꼿꼿이 펴고 있던 것이다. 이를 자기 입으로 설명하기엔 너무 수치스러웠다.

피월려는 무표정을 유지한 채 한 발자국 앞으로 또 걸었다.

류서하의 얼굴에는 순간 공포가 서렸으나 곧 그녀는 안심할 수 있었다.

거리가 가까워지는 만큼 피월려는 들고 있던 그녀의 발을 아래로 내려 다리의 각도를 유지했기 때문이다.

이제 그녀의 다리는 피월려의 어깨에 걸쳐진 형국이 되었다.

치골에 걸린 치마 끝은 류서하가 느끼는 수치심의 한계를 잘 대변하고 있었다.

"이러면 어떻소?"

"뭐가 말이죠?"

"거리가 가까워지길 바라는 내 바람과 다리의 각도가 올라가지 않기를 바라는 소저의 바람. 이 두 마리 토끼를 잡는 아주 기가 막힌 방법이오."

"……."

"별로 만족스럽지 못한 표정이오만."

"도대체 이 상황에 제가 만족해야 할 것이 뭐죠?"

"아아아, 미안하오. 내가 소저의 바람을 오해했소. 설마 다리가 올라가는 것을 바랐는지는 몰랐군."

"아, 아니……."

류서하의 말이 시작되기 무섭게 피월려는 더욱 류서하와 가까워졌다.

하지만 다리는 그대로 어깨에 걸친 상태.

각도는 올라가 버렸다.

류서하는 하반신에서 느껴지는 서늘한 바람에 평생 느껴 보지 못한 수치심을 느꼈다.

기녀로 일하며 노래와 웃음을 팔 때도 몸을 팔지 않았던 그녀의 사존심은 이 정도의 수치심을 허락한 적이 없었기 때문이다.

그러나 이상했다. 엄청난 수치심에도 어딘지 모르는 안도 감이 찾아들었기 때문이다.

류서하는 곧 그 안도감의 원인을 찾을 수 있었다.

안 보인다!

지금의 각도에서, 피월려의 시야에는 류서하의 흰 옥 같은 허벅지만이 들어올 뿐이다.

발끝에 눈이 달려 있지 않은 이상 지금같이 가까운 거리 에선 그 아래 존재하는 류서하의 수치심의 근원을 보는 것 이 불가능했다.

백색의 아기 곰이 가진 그 애처로운 시선을 도저히 거부
할 수 없어 사버린 속옷.

그곳에 수놓인 그 백색의 아기 곰은 낙양사화의 수화라는
자리를 당당히 차지한 류서하에게 있어 그 누구에게도 절대
로 보여선 안 되는 비밀이었다.

그걸 이 파렴치한 남자에게 보였다간 평생 밤에 잠을 자
지 못할 것이다.

서로의 들숨 날숨이 닿을 거리.

용안을 소유한 피월려가 그 지근거리에서 여인의 표정에
생긴 미묘한 변화를 눈치채지 못할 리 없었다.

"흐음, 이상하오."

"예?"

"왜 안도하시는 것이오?"

"뭐, 뭐가 말이죠?"

"이 상황에 소저가 안도할 것이 뭐가 있냐, 이 말이오, 내
말은."

"안도라니. 왜 제가 안도했다고 오해하시는지 모르겠군
요."

"오해하지 않았소. 진실이지."

"흥."

고개를 돌리는 류서하의 동공은 분명 미세하게 떨리고 있

었다.

이를 그윽한 눈빛으로 지켜본 피월려는 한 발자국 더 다가갔다.

그러자 두 다리가 완전히 일자로 서게 된 류서하는 순간 중심을 잡지 못하고 옆으로 꼬꾸라지려 했고, 피월려는 잽싸게 손을 뻗어 그녀의 허리를 붙잡았다.

두 손이 머리 위로 묶여 있고 한쪽 다리는 어깨에 올려져 있다.

류서하는 허리를 휘감는 피월려의 우악한 손길에 무력하기 짝이 없었다.

코끝이 서로 닿을 거리.

류서하는 숨이 가빠지는 것을 느꼈고, 그 사실에 더 숨이 가빠지는 것 같았다.

곧 그녀의 호흡수는 급격히 늘어났다.

그녀는 그것을 최대한 숨기기 위해 숨을 쉬지 않으려 했지만, 오히려 그 사실조차도 피월려에게 들통이 날 정도로 그들의 거리는 가까웠다.

"하아, 하아, 하아."

이젠 입으로 숨을 쉬지 않으면 안 될 정도로 숨이 가빠졌다.

피월려가 능글맞게 물었다.

"숨을 격하게 쉬시오?"

"파렴치한 색마. 내게 먹인 음약 때문이잖아요. 하아."

"흐음, 이상하군. 이토록 빨리 효력이 생기진 않을 텐데 말이오."

"하아, 제 몸이… 하아, 천음지체이기에 그런 거예요."

"그렇소? 흐음."

"다, 당장 해독제를, 하아, 줘요."

"뭐, 벌써 중독 증상이 나타난다니, 생각보다 빨리 심문을 해야겠군. 내가 하는 질문에 모두 대답한다면 해독제를 주겠소."

"하아, 그래요. 빠, 빨리, 하아, 물어봐요. 하, 빨리."

"그럼 첫째. 류 소저의 출신과 하북팽가와의 관계에 대해서 말씀하시오."

류서하는 자꾸만 나오는 침을 삼키고는 생각나는 대로 빠르게 말했다.

"본 가인 북경류가는 제 윗대에서 몰락했어요. 하아, 전 천음지체로 태어나 어릴 때부터 상옥곡을 오가서 자세한 사정은 몰라요. 오랫동안, 하아, 좋은 관계를 이어온 하북팽가에서 끝까지 도와줬지만 집안 내정이 잘못된 걸 외부에서 고칠 순 없었고, 하아, 하아. 결국 가세가 기울 대로 기울어서 완전히 몰락했죠. 지금은 겨우 형태만 유지하는 수준이에요."

"그래서 돈을 벌기 위해 기녀가 되었고?"

"그, 하아, 그래요."

"일단 그 부분이 가장 의심스럽소. 아무리 생각해도 류 소저는 천마신교에 잠입하기 위해서 기녀로 위장한 것이 아닌가 하오. 아무리 가세가 기울었다고 하나, 지금처럼 속옷을 보이는 것조차 부끄러워하는 류 소저가 어찌 기녀가 된단 말이오?"

거친 숨소리는 서서히 잦아들었다. 피월려의 날카로운 질문에 류서하가 냉정을 되찾기 시작한 것이다.

"전 권문세가의 여식이에요. 하아… 가문을 위해선 더한 것도 할 수 있어요."

"아니, 절대 그렇지 않소. 오히려 권문세가의 여식이기에 못 하는 것이오. 막연히 생각했을 땐 몸을 팔진 않고 자기 몸을 지킬 만한 무공도 익혔으니 그럴 수도 있겠다 했는데, 최근에 생각이 바뀌었소. 내가 아는 권문세가의 여식들은 몸은커녕 웃음과 노래를 파는 것조차도 불가능하오. 절대로 그 콧대가 허락하지 않소."

"전 달라요."

"아니, 다르지 않소. 네 콧대도 만만치 않지. 낙화루에서 강제로 몸을 팔라 하니, 혀를 깨물었다 들었는데 내가 잘못

들은 것이오?"

"……."

피월려는 류서하가 무언가 숨기고 있다는 걸 눈치챘다. 그는 부드럽게 물었다.

"계기가 무엇이오? 무엇이 류 소저로 하여금 그런 일을 하게 만들었소?"

류서하는 피월려의 눈을 빤히 보았다.

놀랍도록 차가운 그의 눈빛은 류서하의 호흡까지도 얼어붙게 만들었다.

그녀는 지금 진실을 이야기하지 않으면 피월려가 지금까지와 다르게 위험해질 것이라는 것을 본능적으로 알았다.

그녀는 진실을 말했다.

"철없는 제 행동을 용서할 수 없었어요."

"무슨 뜻이오?"

"지지난겨울, 십팔 세 생일을 맞이한 저는 성인식을 치렀어요. 그것은 명가의 여식이 구혼을 받기 위한 공식적인 자리이기에, 그에 따라 하북팽가의 장남인 팽소기와의 혼인이 거론되었죠. 그는 하북추석(河北醜石)이란 별호를 가진 엄청난 추남이에요. 모든 여인들이 그와의 혼인을 꺼려 서른 살이 넘도록 장가를 가지 못했죠. 그런 남자와… 아버지는 제게 전혀 말도 없이 혼약을 결정해 버린 거예요. 오래전부터

이미 결정되었다고……. 또 혼인식을 바로 삼 일 뒤에 올린
다고……. 그래서……."

"도망쳤소?"

"가세가 그리 기운지 몰랐어요. 제 미모와 명성을 이용해
간신히 명맥을 유지하는 가문의 사정 따위 알고 싶지도 않
았죠. 하지만 알고 보니, 그 혼인이야말로 가문을 일으키는
마지막 기회였어요. 단지 못생긴 남자가 싫다고 전… 그걸
차버렸어요. 상옥곡으로 도망쳐 버렸죠. 그 겨울에 아마 피
대주를 뵈었죠?"

"……."

"나중에 듣고 보니, 하북팽가 내에서도 심하게 반대했다
하더군요. 그걸 하북팽가의 가주님이 제 아버지와의 옛정을
생각하고, 또 팽 공자도 절 사모했기에 그 둘의 강경한 고집
으로 결정한 것이었죠. 가문 내 어른들의 반대에도 불구하
고 말이죠. 그렇지 않고서야 단순히 미모를… 미모 따위를
보고 하북팽가의 안주인이 될 여인을 고르겠어요? 제가 그
런 혼사를 망쳤으니, 하북팽가에선 배신감을 느낄 만해요.
혼인식에 참석하기 위해서 전국 각지에서 지인들을 초청했
는데, 제가 그들을 모두 헛걸음하게 만들었죠. 그중 사천에
기거하는 가주의 소중한 친우분께서는 허무하게 삼 개월을
낭비하게 되었어요. 그 일로 인해 하북팽가는 북경류가에서

완전히 눈을 돌리게 되었고, 그대로 몰락하게 되었어요."

"흠……."

"제 이기적인 생각 때문에 북경류가는 끝난 것과 다름없어요. 이 죄는 평생을 갚아도 모자란 것이에요. 사랑하지도 않는 남자에게 춤과 웃음을 파는 건 어차피 똑같아요. 기녀가 되어서 돈을 벌어서라도 가문을 일으켜야 해요."

"……."

"대답이 됐나요?"

"하나만 더 묻겠소. 외부 인사가 입교하기 위해선 백도의 인물 한 명을 암살해야 하오. 류 소저는 누구를 암살했는지 궁금하오."

"그건 입교를 희망하는 사람이 해야 하는 것이지, 입교를 권유받은 사람이 해야 하는 것이 아니에요."

이는 사실이다.

서화능이 처음 피월려에게 입교를 권유를 했을 때는 암살에 대해서 말하지 않았다.

피월려가 마음을 바꿔 입교하겠다고 스스로 원했을 때 암살 명령을 내렸었다.

피월려가 날카롭게 물었다.

"권유를 받았다? 본인 스스로 기녀가 되었다고 말하지 않았소?"

"그땐 마단도 지급받지 못했고, 역혈지체도 아니었어요. 엄밀히 말하면 기녀일 뿐, 마교인은 아니었죠."

"그럼 누가 권유한 것이오?"

"아시지 않나요? 총주께서 하셨어요. 설린이의 입김이 있었지만, 입교에 대해서 먼저 제게 말씀하신 건 엄연히 박소을 총주님 본인이세요. 제일대에 입대할 때 말씀드리지 않았나요?"

"……."

확실히 그녀가 그런 말을 했던 것을 피월려는 기억했다. 논리적으로 전혀 허점이 없는 자신만만한 대답에 피월려는 꿀 먹은 벙어리가 되었다.

"대답이 됐나요?"

용안으로 보더라도, 그녀는 거짓을 말하고 있는 것 같지 않았다. 피월려는 나지막하게 말했다.

"됐소. 그럼 소저의 배경에 관한 의심은 접겠소. 본론으로 들어가서, 낭파후의 암살에 관여한 그대의 친우가 누구인지부터 말씀하시오."

"하북팽가의 팽소연이에요. 팽소기의 여동생으로, 어렸을 때부터 친한 죽마고우(竹馬故友)이죠. 아무리 그런 일이 있었다고 해도 설마 이제 와서 절 배신할 줄은 꿈에도 몰랐어요."

"가문에 엄청난 누를 끼쳤으니, 누구라도 배신할 만하오. 특히 소저가 저버린 남자가 자기 오라버니 아니오?"

"그래도… 하아… 그렇죠."

류서하는 깊은 한숨을 쉬었다. 화는 나지만 그걸 표출할 자격이 없다는 것을 자각한 모양이다.

피월려가 더 물었다.

"그녀와는 어떻게 접촉했소?"

"팽소연은 천도 사업 때문에 하북팽가의 어른 몇몇과 함께 황도에 있었어요. 그래서 가끔 만났죠. 제가 기녀가 된 것도, 천마신교에 입교한 것도 그녀는 다 알아요. 낙화루에도 절 보러 자주 찾아왔고."

그녀가 천마신교에 입교한 건 딱히 기밀 사항이 아니었으니 문제될 건 없었다.

피월려는 다른 부분에 좀 더 집중했다.

"황도에 있었다? 혹 지금도 있소?"

"하북팽가가 반란을 일으켰다는 소식이 있으니, 아마 이미 떠났을 거예요. 애초에 황도에 온 것도 황도의 사정을 살피고 반란을 일으키려 한 것이 아닐까요?"

"……."

"하여간 그녀를 통해서 천마신교의 뜻을 하북팽가에 전달했고, 그 이후에는 마조대에서 일을 맡아 진행했어요. 낭파후 대원의 일은 저도 정말 아는 것이 없어요."

"그렇군."

"이 모든 건 이미 마조대에 말한 것이고, 마조대에서도 확인이 끝난 사안이에요. 그런데 그런 음약까지 저에게 먹이면서 이런 심문을 하는 이유가 무엇이죠?"

"뭐, 형식이오."

"다 끝났으면 이만 놔줘요."

"아직 안 끝났소."

"더 이상은 말할 것도 없어요."

"……"

말없는 피월려의 표정에서 류서하는 뭔가 심상치 않은 것을 느꼈다.

천음지체의 지성을 지닌 그녀는 곧 피월려의 생각을 깨닫고 표정을 굳히며 말했다.

"다른 걸 물어보려는 거군요? 설린이죠? 비겁한……. 이것이 진짜 본론이군요!"

"그것도 포함한 이야기이오."

"그럴 거면 직접 만나서 해결하세요. 월권행위를 하며 자기 연애사를 풀려고 하다니, 정말 수준 낮은 남자군요."

"단순히 내 연애 문제가 아니오. 그보다 좀 더 깊은 문제이지."

침중한 목소리에 류서하는 놀란 듯한 목소리를 내었다.

"예?"

"지금까진 무시하고 있었지만, 이젠 천음지체에 대해서 알아야겠소."

알아야겠다니, 무슨 뜻인가?

얼굴이 홍당무처럼 변한 류서하는 말을 더듬었다.

"처, 천음지체를 아, 알아야겠다니… 가, 갑자기 무슨 소리죠?"

"가문이 몰락한 계기가 무엇이오?"

"예?"

"가문이 몰락한 계기 말이오. 몰락한 후에서부터 말을 시작했지, 정작 몰락한 이유를 말하지 않으셨소."

류서하는 수상해하는 표정으로 물었다.

"그, 그건 갑자기 무슨 이유로 물어보시는 것이죠?"

"혹 어머니 때문이 아니오?"

정곡을 찔린 듯, 류서하의 표정이 일그러졌다.

"무… 무슨! 그, 그보다 그걸 어떻게……."

깡!

철문이 열리면서 큰 꽹음을 내었다. 그곳에 나타난 제갈미는 잔뜩 화난 표정으로 톡 쏘듯 말했다.

"진짜 너! 그만해."

피월려는 뒤돌아 제갈미를 바라보았다.

"네가 말을 안 하니, 류 소저한테라도 물어봐야지."

"심문하겠다는 걸 도와주는 건, 어디까지나 본 교의 일을 도와주겠다는 거였어. 개인적인 일은 혼자 알아서 해."

"네가 말을 안 해서 류 소저한테 물어보겠다는 거잖아. 왜 이것까지 방해하지?"

"다른 사람의 집안 사정을 알아서 뭐 하게? 그리고 내가 방해하는 게 아니야. 도와주는 걸 멈췄을 뿐이지. 꼬우면 명해봐. 존명이라 대답해 줄 테니. 하지만 그랬다간 앞으로 나와는 명령으로밖에 대화할 수 없을 줄 알아."

"......"

제갈미는 류서하에게 다가가 그녀의 손을 묶고 있던 만년한철로 된 쇠사슬을 열쇠로 풀어주었다.

피월려는 하는 수 없이 류서화의 허리와 다리를 놔주었다.

속박에서 해방된 류서하는 시린 손목을 내력으로 다스리면서 제갈미를 보았다.

"계속 옆에서 지켜보고 있었군요."

"응."

"해독제는……."

"그런 거 없어. 애초에 음약을 먹이지도 않았으니까."

"……."

"곰돌이는 의외였어."

"다, 당신!"

얼굴이 빨개진 류서하를 무시한 제갈미는 잔뜩 인상을 쓴 채 피월려에게 물었다.

"총주한테 별거 없었다고 보고할 건데 막을 거야?"

피월려는 어깨를 들썩였다.

제갈미는 더 인상을 썼다.

"막을 거냐고?"

"아니."

"칫."

제갈미는 뭐가 그리 불만인지 발을 구르며 밖으로 나갔다. 피월려는 한숨을 쉬었고, 둘 사이를 번갈아 보던 류서하가 물었다.

"이제 의혹은 해결된 거죠?"

"그렇소."

"그럼 갈게요."

"그러시오."

뚜벅뚜벅 걸어가는 류서하의 표정에는 혼란이 가득했다. 그녀는 곧 철문 앞에 서서 피월려를 돌아보며 물었다.

"그… 음약은 정말 안 쓴 거죠?"

"안 썼소."

"그, 그죠?"

"천음지체의 선천적인 음기 때문에 상황만 조성된다면 의지에 상관없이 어느 정도 육체가 흥분하……."

류서하는 소리를 냅다 질렀다.

"흥분이라뇨! 무슨 소리죠!"

"……."

"……."

"……."

"가, 갈게요."

류서히는 바쁜 걸음으로 나가버렸다.

피월려는 한참을 서 있다가 이내 툭 하고 말했다.

"주 소저, 저들이 왜 화난 것이오?"

대답은 없었다.

피월려는 나지막하게 말을 이었다.

"그러고 보니 부상을 당했지……."

피월려는 턱을 쓸었다.

그러나 아무리 쓸어봐도 한마디 대답조차 들을 수 없었다.

*　　　　*　　　　*

"예?"

놀라 대답하는 이대원의 표정은 당황스러움 그 자체였다. 얼마나 당황했는지, 평소라면 절대로 나오지 않을 여성 고유의 고음이 튀어나왔다.

"아니, 그 주하가 부상을 당했기에, 한번 보려고 하오."

"……."

이대원의 눈빛이 서서히 차갑게 변하자, 피월려는 허탈하게 말했다.

"내가 위장한 첩자라고 생각할 정도로 그 질문이 그리 의외였소?"

"…아닙니까?"

"아니오."

이대원은 의심스럽다는 듯 피월려를 위아래로 흘겨보고는 말했다.

"갑자기 주 소저의 처소는 왜 찾으십니까?"

"전속대원이니 부상당했을 때 한 번쯤 찾아보려는 것이오."

그 이대원은 여전히 의심의 눈초리를 거두지 않았다.

피월려는 고개를 흔들며 말했다.

"명으로 내려야 알려주시겠소?"

이대원은 입술을 모으더니 곧 말했다.

"전속대원은 처소가 없습니다. 이대원들이 부상을 당했을 때는 제이대 전용 치료소에서 치료를 받습니다. 아마 그곳에 있을 것입니다."

"그럼 그 치료실은 어디 있소?"

"지하입니다. 여기서 설명하긴 어려우니, 지하에서 다른 이에게 물어보시면 더 알기 쉬울 것입니다."

"알겠소."

애초에 지하에 있을 때 물어보면 될 걸 괜히 이대원을 찾는다고 올라와서 시간만 낭비했다. 피월려는 다시금 걸음을 옮겨 지하로 향했고, 그를 보던 이대원의 눈빛은 호기심으로 빛났다.

지하로 내려와 아무 시녀나 붙잡고 물어보기를 세 번. 피월려는 결국 치료소를 찾을 수 있었다.

넓은 동공과 같은 곳인데, 여러 침상들이 놓여 있고, 각각의 침상들은 반투명한 천으로 가려져 있었다.

그곳을 지키는 이대원은 한 명뿐이었고, 그녀는 피월려를 주하에게 안내했다.

주하는 읽고 있던 책자를 옆에 내려놓고 피월려에게 말했다.

"이곳까지는 무슨 일이십니까?"

"불러도 답이 없기에, 심각한 부상이 아닌가 해서 와봤소."

"예?"

주하조차 자기도 모르게 높은 음조로 반문했다.

피월려는 어이가 없다는 듯 말했다.

"문병을 온 것이오. 그리고 위장한 적이 아니니 그런 눈길로 보지 마시고."

"……."

"몸은 어떻소?"

"괜찮습니다. 내일 아침이면 복귀하는 데 문제없을 겁니다."

"그렇소?"

"예."

"……."

"……."

정적, 그 자체.

"이럴 때 사람들이 무슨 말을 하오?"

주하는 고개를 저었다.

"그걸 제게 물어보시는 겁니까?"

"……."

피월려는 갑자기 극심한 후회가 몰려오는 것을 느꼈다. 주하도 피월려도 어떤 사적인 대화를 이어나가는 방법을 잘 알지 못했다.

피월려도 막상 여기 와보니 무슨 말을 해야 할지 전혀 알 수 없었다.

주하가 단도직입적으로 말했다.

"용무가 없으시면 이만 돌아가십시오."

어찌 보면 냉담한 말이지만, 피월려는 주하의 진심이 그렇지 않다는 것을 잘 알았다.

그저 그녀도 어색한 기분이 싫어 한 말인데, 자기감정을 잘 표현할 줄 몰라 그 말이 튀어나온 것이다. 지금도 약간 미안한 눈초리로 피월려를 보고 있는 것이 자기가 말실수를 했다 생각하는 듯했다.

피월려는 그 감정을 누구보다도 잘 알았다. 본인이 그러니까.

"뭘 읽고 있었소?"

주하는 재빨리 책자를 집어 들어 피월려에게 보여주었다. 책자의 제목은 '마공에서의 남녀의 차이'였다.

"이것입니다."

피월려는 중얼거렸다.

"남녀의 차이라, 어떤 책이오?"

갑자기 주하의 안색이 눈에 띄게 밝아졌다.

그걸 보며 피월려는 주하와의 사적인 대화는 무공에 관한 것이 아니고서는 불가능하다는 걸 다시 한번 깨달았다.

주하는 평소보다 조금 높아진 어조로 말했다.

"저자는 여성인데, 지금까지 무공에 있어 남자가 여성보다 우위를 점하는 이유를 본인 나름대로 정립한 책입니다. 단순한 근력의 차이보다 더 깊은 수준의 차이를 말하며, 그것은 충분히 극복할 수 있는 부분이라 말하는 점에서 읽을 가치가 있습니다."

"마공에서의 차이라고 하는 걸 보니, 역혈지체에게만 적용되는 차이점이오?"

주하는 짧게 고민하고 대답했다.

"그렇게도 볼 수 있습니다만, 대부분은 그냥 무림인으로서 말하는 것이니 마인뿐만 아니라 여느 남녀 무림인에게도 적용되는 차이점이라 할 수 있습니다."

"흐음, 그렇소? 내가 크게 관심을 가지지 않은 부분이라 잘 모르겠소만. 한번 설명해 주시겠소?"

갑자기 주하의 눈동자가 밝아졌다. 그와 동시에 그녀의 말이 두 배 이상 빨라졌다.

"가장 크게 봤을 때는 세 가지의 차이가 있습니다. 육신의 차이와 기혈의 차이, 그리고 정신의 차이입니다."

"심기체(心氣體)로 나눈 것이군……. 그래, 각각 어떤 차이가 있소?"

"우선 육신에는 근력의 차이가 있습니다. 그 부분 자체는 새롭지 않지만, 한 가지 주목할 부분이 있습니다."

"그것이 무엇이오?"

주하는 마치 어떤 비밀을 말하는 것처럼 작게 속삭였다.

"여자의 근력은 단순히 남자보다 약한 것이 아니라, 다른 쪽으로 발달되어 있다는 점입니다."

"다른 쪽?"

"남성의 근력은 밀고 당기는 힘, 즉 변화를 만드는 힘이 강합니다. 그러나 여성의 근력은 견디고 유지하는 힘, 즉 변화에 맞서는 힘이 강합니다. 실제로 범인들을 볼 때, 무거운 물체를 들고 옮기는 건 여성이 더 잘하지 않습니까? 빈약하고 왜소한 노녀도 자기 몸무게보다 배는 무거운 것들을 머리에 지고 옮깁니다."

"흐음……."

"전투에 있어서는 당연히 변화를 만들어내는 힘이 더 효율적입니다. 모든 체술이 그렇게 만들어져 있습니다. 하나 만약 변화에 맞서는 힘을 기반으로 한 체술을 만든다면 이는 남성이 아니라 여성에게 더 유리한 무공이 될 것입니다."

"그건 이미 있지 않소? 양강지공과 음한지공으로 말이오."

"그건 두 번째의 차이점, 즉 기혈의 차이로 인해 발생한 부분입니다. 제가 말씀드리는 건 기공을 포함하지 않은 순수한 체술 그 자체, 그 기반을 봤을 때… 변화를 만드는 밀고 당기는 힘이 아니라 변화를 유지하는, 즉 견디고 유지하는 힘으로 만드는 것을 말합니다."

"그럼 내공을 말하는 것이 아니라 외공을 말하는 것이군……."

"그렇게 보셔도 됩니다. 이미 내공은 여성에게 알맞게 만들어진 것이 많이 있습니다. 음한지공도 하나의 예이지요. 저자도 그 부분에 대해선 거의 언급이 없습니다. 충분히 여성의 기혈에 알맞은 내공을 찾아 익힐 수 있는 시대이니까요. 저자가 가장 많이 할애한 부분은 바로 외공입니다."

"흐음… 그런 무공을 본 적이 없어서 생각하기 어렵군. 변화를 만드는 것이 아니라 그것에 맞서는 힘이라……. 유지하는 힘……. 견디는 힘……. 그것으로 어떻게 무공을 만들겠소?"

"음한지공도 처음엔 불가능하다 생각되어졌습니다. 사람이 살아 있는데, 어떻게 음기를 다룰 수 있냐며 애초에 모두 고개를 저었습니다. 하지만 수많은 무공이 개발되어 결국 음한지공이 탄생했습니다. 교주님의 무공들도 그렇게 발전한 것입니다."

"외공의 기반은 체술. 몸의 움직임부터 하나하나 다시 만들어야 하니, 그건 불가능에 가까울 정도로 어려운 것이 될 것이오."

"압니다. 하지만 만들 것입니다. 이미 머릿속으로 틀을 갖추었습니다. 다만⋯⋯."

"다만?"

"아미파의 외공을 한 번쯤 깊게 연구할 수 있었으면 합니다. 고금을 통틀어 입신의 여고수를 배출한 건 아미파뿐이니, 그 부분에 관해서는 아미파에서 이미 앞선 것일 수 있습니다. 이를 마공에 적용할 수 있다면 많은 부분에서 발전시킬 수 있을 것입니다."

"사천당문을 시작으로 사천도 곧 본 교의 영향력 아래 놓일 것이오. 그렇게 되면 사천에 위치한 아미파도 본 교 아래 굴복하게 될 날이 올 것이오."

"⋯⋯."

"마음의 차이는 어떻소?"

"아, 남자는 시작하며 여자는 반응한다는 것이 주된 내용입니다."

"시작? 반응? 무슨 뜻이오?"

"그, 그것이 성적인 부분에서부터 출발한 것인데⋯⋯. 하여간 주된 내용은, 남자는 무언가 시작하기 좋은 마음을 가지고 있고, 여자는 어떤 것에 반응하기 좋은 마음을 가지고 있다는 것입니다."

"내 예상과는 전혀 다른 내용이군. 나는 여성이 더 감성적이고 정에 이끌리기 때문에 전투에서 더 약한 면모를 보일 것이라 주장할 줄 알았소만."

"처음 차례를 봤을 때 저도 그렇게 생각했습니다만, 그에 관해서는 조금 언급하는 데 그칠 뿐이었습니다. 오히려 그보다 더 깊게 들어가 반응이라는 단어를 가지고 여성의 마음을 해석했습니다. 여성은 반응하기 좋은 마음을 가지고 있기 때문에, 적의 마음을 이해하고 공감하여 그에 따라 반응하고 무공을 펼치는 마음가짐에 있어 남성보다 유리하다는 주장입니다."

"간단히 말하면 남자는 선공을, 여자는 역공을 하라는 뜻이오?"

"결론적으로는 그렇습니다만… 그렇게 간단히 정의될 건 아닙니다."

피월려는 자기 생각을 즉시 말했다.

"그 부분은 틀린 것 같소. 그렇게 따지면 심검은 여성의 검술일 것이오. 그러한 마음가짐…… 그 반응하는 마음가짐의 정점이야말로 심검이 아니겠소?"

"저자가 마음에 관해서 말하기를, 그것은 물리적인 남성성과 여성성과 항상 일치하는 건 아니라고 하였습니다."

"무슨 뜻이오?"

"육체는 남성과 여성의 선을 정확히 가르지만, 정신적으로는 그 선이 불분명하다는 점입니다. 남자도 어느 정도의 여성성을 그리고, 여자도 어느 정도의 남성성을 학습할 수 있고, 그에 따라서 정신적으로는 그 중간에 있는 것도 가능하다는 뜻입니다."

"그럼 심검을 주로 쓰는 나는 무엇이오? 정신적으로는 여자라는 것이오?"

"그게……."

"그렇지 않소? 하하하."

피월려의 웃음에 주하가 반박하듯 중얼거렸다.

"대주께 여성적인 부분이 없는 건 아닙니다."

"……."

"죄, 죄송합니다."

피월려는 미소를 유지한 채 말했다.

"그 저자의 사상에 너무 취한 것 아니오? 그 저자도 완벽할 순 없으니, 어느 정도 걸러서 들을 필요가 있다고 보여지오."

"하, 하지만……."

주하는 그렇게 한참을 설명했다.

그 책의 저자의 사상에 본인의 생각을 더해 피월려에게

냉정한 평가를 구했고, 피월려는 성심성의껏 아는 한도 내에서 알려주었다.

여성의 무공이라는 부분은 피월려가 한 번도 생각지 못한 부분이라, 그 또한 배우는 게 많았다.

주하를 비롯하여, 초류선, 초류아, 서린지, 누라, 후빙빙 그리고 성음청까지……

남자가 절대다수인 낭인 시절과 다르게 마교 내에는 여성 고수들도 흔히 찾아볼 수 있었고, 따라서 여성의 무공에 대해서도 필히 알아두어야 할 필요성이 있었다.

얼마나 지났을지 모를 시간이 빠르게 흐르고, 대화는 끝이 났다.

피월려는 자리에서 일어났다.

"내일 아침부터 매우 바빠질 것이오. 그럼 몸조리 잘하시오."

"존명."

피월려는 곧 치료소에서 나갔다.

피월려가 완전히 방을 나가기도 전에 주하는 눈을 감고 명상을 시작했다.

*   *   *

아침이 되어 방에서 나온 피월려는 앞에 서서 자신을 기다리던 제갈미를 보고 물었다.

"무슨 일이야?"

"같이 가려고."

"어딜?"

"지금 총주 방에 가는 거 아니야?"

"맞아."

"거기 가는 데, 같이 가려고 왔어."

피월려가 지금 박소을의 방으로 향하는 이유는, 박소을이 병으로 일을 제대로 처리하지 못하게 되어 천서휘와 지휘권을 분담하는 일에 관해 논의하기 위해서였다.

천마신교 낙양지부의 수뇌부의 논의이니, 대주도 아닌 제갈미가 그 회의에 참석할 수 있을 리 만무했다.

피월려가 말했다.

"바로 나가라고 할 텐데."

"그럼 그때 나가면 되지."

"……."

"왜?"

"뭐야?"

"아무것도. 빨리 가야 하지 않아?"

피월려는 제갈미의 꿍꿍이가 뭔지 몰라 일단 걸음을 옮겼다.

그러나 박소을 외총주의 방 앞에 도착하자 바로 알 수 있었다.

맞은편에서 천서휘와 진설린이 함께 걸어오고 있었기 때문이다.

진설린은 보란 듯이 천서휘와 팔짱을 끼고 있었고, 그 시선을 천서휘의 얼굴에 고정했다.

피월려는 안중에도 없었다.

피월려가 제갈미에게 뭐라 말하기도 전에 제갈미가 선수를 쳤다.

"아무 말 하지 마."

"……."

"들어가자."

문을 열고 들어가는데, 잠깐 동안 천서휘와 피월려의 눈이 마주쳤다.

지금껏 서로의 눈길을 피했지만, 오늘만큼은 그럴 수 없는 날.

둘의 눈빛에서는 전에 느낄 수 없었던 강한 의지가 엿보였다.

지휘권을 분담하는 데 있어 자기주장을 제대로 피력하지 못하면 자기뿐만 아니라 그 휘하 고수들까지도 더 큰 위험을 부담하게 된다.

천서휘는 원래부터 현천가를 따르는 태생마교인들에게 책
임감을 가지고 있었고, 피월려도 낭파후의 일로 상관으로서
의 책임을 몸소 경험한 상태였다.

둘 다 지휘권에 대해서 초연할 수만은 없다. 사적인 감정
은 접어두고 날 선 입씨름을 하기 위해선 우선 마음을 다잡
는 것에서부터 출발해야 한다.

"오랜만이군."

천서휘가 먼저 말문을 열었다. 평소의 그라면 절대로 하
지 않았을 것이다.

그의 말에 그에게 팔짱을 끼고 있던 진설린이 그제야 피
월려를 돌아보았다.

"오랜만이에요."

진설린도 먼저 인사했다.

그 두 목소리에는 그 어떠한 사적인 감정도 없었다. 남아
있지만 꼭꼭 숨기는 것인지, 아니면 정말로 모두 정리한 것
인지 알 수 없었다.

"둘 다 오랜만이오."

피월려도 덤덤하게 대답했다.

넷은 서로를 향해 작게 고개를 끄덕였고, 곧 걸음을 옮겨
방 안으로 들어섰다.

상석에는 박소을이 앉아 있었는데, 눈에 띄게 좋지 못한

안색이었다.

그리고 그의 앞으로 이대주인 초류선, 사대주인 소오진, 오대주인 구양모, 육대주인 혈적현이 있었다.

그중 가장 먼저 구양모가 피월려를 돌아보며 소리쳤다.

"아! 심검마! 오셨습니까? 절 기억하시는지 모르겠습니다?"

얼굴은 어렴풋이 기억나지만 이름은 기억나지 않았다. 피월려는 모든 대주 자리 중 그가 모를 만한 자리가 제오대임을 충분히 예상할 수 있었기에, 그의 이름을 기억하지 못하는 건 큰 문제가 되지 않았다.

"부교주님의 뒤를 이어받은 오대주 아니시오?"

"기억하시는군요! 하하하. 그러셔야죠……. 단주에서 대주가 돼서, 이런 자리에 참석도 하게 되고. 오래 살 일입니다, 이거."

이상한 그 어투는 다소 분위기를 얼어붙게 만들었다. 피월려는 그의 시선에서 묘한 악감정을 느꼈고, 그제야 그와 언제 만났는지 기억할 수 있었다.

소림파의 일 이후, 소림파의 전리품을 확인할 때 피월려를 그곳까지 안내한 오대원이었다.

피월려를 속여 복도에서 생사혈전을 하려 했는데, 주하가 그 상황을 모면할 수 있게 해준 적이 있다.

피월려가 말했다.

"지마엔 오르셨소?"

그 순간 구양모의 표정이 심히 뒤틀렸으나, 즉시 살살 웃는 표정으로 바뀌었다.

"아직 수행이 부족해서 말입니다……. 출신이 출신인지라 좀처럼 잘 안되더군요, 하하."

피월려와 구양모, 그 사이를 휘적휘적 걸어가며 천서휘가 한마디를 남겼다.

"출신이 문제라면 천마에 이른 일대주는 뭐란 말이지? 핑계 대기는……."

노골적인 경멸에 구양모는 미소 지었다. 그것은 보는 사람의 기분이 매우 나빠지는 묘한 미소였다.

피월려도 그를 놔두고 그의 자리에 가 앉았다. 그들을 따라 진설린과 제갈미도 앉으려는데 지금까지 상황을 지켜보고만 있던 박소을이 물었다.

"대주급까지만 참석하는 회의인데 왜 일대원들이 온 것이오?"

앉아서 주름진 옷을 펴는 피월려는 시선을 아래로 두고 있었다.

때문에 그는 공기의 흐름이 이상해진 것을 몰라 주변을 보았고, 모두 그를 보고 있다는 사실에 영문을 몰라 어리둥

절했다.

피월려는 곧 박소을에게 되물었다.

"아, 제게 물으신 겁니까?"

"그럼 일대원의 일을 일대주에게 묻지, 누구에게 묻소?"

"본인들에게 물은 줄 알았습니다."

"그럼 일대주는 모르는 일이오?"

"예."

박소을은 눈을 크게 껌벅이더니 중얼거렸다.

"대주가 대원의 일을 모르다니, 무슨 뚱딴지같은 소리인지. 일대원들은 모두 나가시오."

제갈미와 진설린은 앉다가 말고 포권을 취했다.

"존명."

"존명."

그들은 곧 방을 나갔고, 이를 확인한 박소을이 방 안의 대주들을 둘러보며 말했다.

"내가 병중에 있다는 사실을 모두 알 것이오. 이에 귀목선자 어르신에게 치료를 부탁드리려는데, 정신적인 병이라 꽤 오랜 시간 자리를 비워야 할 것 같소. 따라서 단순히 낙양지부 지부장의 역할뿐만 아니라 외총부주의 책임까지도 일임하려 하오. 우선 모든 대주 중에서 가장 높다 할 수 있는 일대주에게 묻겠소."

"말씀하십시오."

"자기 대원도 제대로 관리하지 못하는 대주에게 얼마나 큰 지휘권을 맡길 수 있다고 보오?"

"……"

"일대주가 대답을 하지 못하니, 다른 대주들께서 대답해 보시오."

가장 먼저 천서휘가 대답했다.

"이미 가진 것도 통솔하지 못하니, 더 부여할 수는 없다 봅니다."

그 즉시 육대주인 혈적현이 맞받아쳤다.

"일대주가 관리를 제대로 못 한 건 대원이라 볼 수 없습니다."

"그러면?"

"여자입니다."

"……"

모두 숨죽이듯 말하지 않았다.

모든 이가 그를 힐끗거리는 와중에도 혈적현은 표정 하나 바뀌지 않고 말을 이었다.

"그런 의미에서 여자 관리를 제대로 하지 못한 일대주가 더 많은 권한을 얻을 수 없다면, 이는 여자 관리를 제대로 하지 못한 다른 대주에게도 적용되는 것입니다."

놀라운 논리의 연결선.

역시 혈적현은 서린지에게 감정이 있었던 것인가?

피월려는 미소 지었고, 천서휘는 고개를 숙였다.

천서휘도 여자 문제에 있어 부끄러운 입장이다.

그의 입술이 파르르 떨리는 것을 본 박소을은 씨익 웃었다.

"마음에 드는군. 육대주와는 평소 대화를 많이 하지 않았지만, 항상 좋게 생각하고 있었소."

"감사합니다."

"마음 같아선 전권을 육대주에게 모조리 일임하고 싶군."

혈적현은 부복하며 큰 소리로 외쳤다.

"그리하시면, 심려하실 일이 없도록 잘 처리하겠습니다."

박소을은 안타깝다는 듯 고개를 저었다.

"그러나 본 교의 최대율법인 상명하복을 생각 안 할 수 없소. 무공을 잃어버린 육대주에게 지부장으로서의, 그리고 외총부주로서의 그 어떠한 권한이라도 일임할 경우, 수많은 마인들이 이에 불복하고 생사혈전을 청할 것이오. 그런 혼란을 초래할 순 없소."

"……."

혈적현은 마음이 화끈하게 베인 것 같은 느낌을 받았다. 무공을 잃어버린 것에 대한 앙금은 속에서부터 그의 마음을 좀먹고 있었기 때문에, 말 한 마디 같은 아주 작은 자극에도 홍수 같은 감정의 파도가 일어난 것이다.

초류선이 박소을에게 물었다.

"그럼 이 중 유일하게 천마급에 오른 일대주에게 전권을 위임하시면 되는 것 아닙니까? 애초에 이런 논의를 하는 이유가 무엇입니까?"

박소을이 대답했다.

"제일대는 부득이하게 자리를 비워 지부를 떠나야 하오. 개봉까지 떠나는 일이니 오래 걸릴 것이오."

"혹 하북팽가의 일입니까?"

"그렇소."

"낙양지부에서 하북의 일에 제일대까지 투입해야 하는 상황은 이해하기 어렵습니다. 또한 다수의 전투를 하는데 제일대를 앞장세우는 것도 좋지 못한 판단입니다. 본 교의 싸움이 아니니, 적당히 제오대를 보내면 그만 아닙니까? 그들은 죽어도 본 교의 손실이 아닙니다."

뿌득.

구양모의 입에서 이를 가는 소리가 났지만, 아무도 신경쓰지 않았다.

그 사실에 구양모는 또 한 번 이를 갈았다.

박소을이 초류선에게 말했다.

"적당히 끝낼 일이 아니오. 낙양지부의 일이라기보다 외총부의 일이라고 할 수 있을 만큼 큰일이오."

"그럼 아예 본 교의 손실을 각오하고 제삼대를 보내시는 것은 어떠합니까? 태생마교인들과 천 공자를 보내면 본 교의 위엄과 무력을 몸소 보일 수 있습니다. 소수정예인 제일대보다 더 효과적일 것입니다."

"단순히 하북의 일이 아니라, 황궁과의 일이기도 하오. 황궁과의 조율을 잘할 수 있는 마인은 일대주밖에 없소."

"그러나 방금 말씀하신 대로, 상명하복의 법칙에 의거하면 지부장과 외총부주의 자리를 임시로 대신할 수 있는 마인도 일대주밖에 없습니다."

박소을은 그녀의 강경한 주장을 회피하기 위해 소오진에게 말을 돌렸다.

"사대주는 어떻게 생각하시오? 누구에게 이 일을 위임하는 것이 좋겠소?"

지금껏 조용히 있었던 소오진의 무거운 입이 열렸다.

"전 논의에 참가하기 위해 이 자리에 온 것이 아닙니다."

"그럼?"

"제사대에 새로운 마인이 입대할 것인지 아닌지를 보러 온 겁니다. 아시다시피 제사대는 특수하기에 대원을 받기 위해선 여러 사전 준비를 해야 합니다. 특히 천마급의 마인이었던 자를 입대시키려면 더욱 세심한 준비가 필요합니다. 그걸 제 눈으로 직접 판단하고 보러 왔습니다."

"……."

태생마교인.

그들은 뼛속까지 상명하복의 율법이 새겨져 있었다.

사적인 인연이 전혀 없더라도 상관에게 목숨을 바치는 이해할 수 없는 사고방식을 가진 만큼, 그 상관이 그 자질을 잃었을 때는 눈 하나 깜짝하지 않고 복종하지 않는다.

위로든 아래로든, 사적인 인연이 없는 자에겐 그저 철저하게 상명하복을 지킬 뿐이다.

반대 의견을 피력하는 데 전혀 거리낌이 없는 초류선.

치료가 잘못되면 바로 박소을을 대원으로 받겠다는 소오진.

천서휘도 박소을이 숙부만 아니었다면 진작 그들과 같이 행동했을 것이다.

어찌 보면 다소 건방지다고 할 수 있지만, 그건 자기가 쇠약해져 더 이상 활동할 수 없다고 먼저 말해 버린 박소을에게 마인들이 충분히 가질 수 있는 자세다.

아니, 오히려 그것이 마교가 권장하는 바람직한 자세다. 지금껏 상관으로 모셨다 하나, 무력이 떨어지고 나서도 정에 끌려 그 전의 상하관계를 고수하면 상명하복을 기반으로 하는 천마신교의 위계질서가 모두 흔들리기 때문이다.

즉 그들이 대놓고 명을 거부하지 않는 이유는 정에 흔들려서가 아니라, 당장 박소을과의 생사혈전에서 승부를 장담할 수는 없다고 판단한 것 그 이상도 이하도 아니다.

박소을도 그것을 잘 알았고, 실제로 그 또한 승부를 장담할 수 없다고 생각했다.

그 정도로 그의 상태는 좋지 못했다.

애초에 스스로의 판단력을 믿지 못하기 때문에 이렇게 대주들을 소집한 것이다. 다른 이의 의견을 청종하지 않는다면 소집한 이유가 없다.

박소을은 그나마 가장 이성적인 판단을 한다고 생각한 초류선에게 다시 물었다.

"그럼 이대주가 보기에는 어떻소?"

초류선이 대답했다.

"황궁과의 조율을 위해서 일대주를 하북에 보내야 하는 부분은 총주님의 생각이 옳은 것 같습니다만, 소수정예인 제일대를 전면전에 투입하는 것은 반대입니다. 그렇기에 차라리 제삼대를 보내 확실하게 일을 처리하는 것이 좋을 것 같습니다. 일대주는 지부에 남아 지부장 및 외총부주의 역할을 해야 합니다."

"삼대주의 생각은?"

천서휘는 솔직히 그 제안이 마음에 들지 않았지만, 피월려가 천마급이라는 사실을 부정할 수 없었기에 수긍했다.

　"이견 없습니다."

　"다른 대주들은 어떻소?"

　모두 별반 다른 의견을 제시하지 않자 혈적현이 말을 꺼냈다.

　"반대합니다. 그 방도는 굉장히 비효율적입니다."

　"어째서 그렇소?"

　"황궁과의 일을 조율하는 데 가장 적합한 사람은 일대주이고, 내부를 다스리는 데 있어 가장 영향력이 큰 사람은 삼대주입니다. 그런데 이 둘의 역할을 바꾸는 것이 비효율적이지 않으면 무엇이 비효율적입니까?"

　"그럼 어찌해야 하는 것이 옳겠소?"

　"제일대는 여기 남고 북경은 일대주만 가면 됩니다. 혹은 책사로서 제갈 대원만 대동해도 됩니다. 어차피 제일대가 전부가 아니라 일대주만 황궁과의 관계를 조율하는 것이니, 일대주만 가도 상관없습니다. 그리고 제삼대가 낙양에 남아 있지 않으면 낙양에서 무림맹의 무사들에게 저항할 수단이 전무합니다. 총주님이 회복에 들어가면 더욱 그렇습니다. 그러니 제삼대를 보내는 것보다 제오대를 보내는 것이 좋습니다. 낙양의 실질적인 무력 다툼에 제오대가 빠지는 것은 정보력으로 충분히 메꿀 수 있습니다."

가만히 듣던 천서휘가 혈적현에게 물었다.

"그럼 이대주가 지적한 상명하복의 문제는 어떻게 되는 것이지? 천마급에 이르지 못한 내가 천마급인 일대주에게 명을 내릴 수 있게 되는 상황이 나오는 건 나도 싫다."

"일대주가 낙양을 떠나 황궁과 하북의 일을 수행하는 동안 어차피 네 명령을 받을 만한 일이 나오지 않는다. 그러니 일대주와 제오대가 따로 단독으로 명령을 수행하게 하고, 그것을 제외한 낙양지부와 외총부의 모든 일을 네가 담당하면 된다."

천서휘는 역시 고개를 저었다.

"일대주를 제외한다고 해도 아직 지마급인 내가 외총부주의 역할을 감당할 순 없다."

"듣기로, 태생마교인들이 지부에 도착하고 제삼대가 되었을 때 세 번이 넘어가는 생사혈전의 신청을 모두 네가 물리쳤다고 들었다. 즉 그들은 네가 임시 외총부주가 되어도 역시 명을 따르겠지. 그런 너를 상관으로 인정하지 않을 가능성이 있는 건, 이 방 안에 있는 대주들뿐이다. 정확하게는 상명하복을 철저히 따르는 태생마교인들……."

박소을이 혈적현의 뒷말을 뺏었다.

"초류선 혹은 초류아, 소오진. 이렇게군."

묘한 기류가 방 안에 휩싸였다.

마교의 율법 특성상 여기서 그들이 천서휘에게 생사혈전을 하지 않겠다는 약속을 받아내고 천서휘에게 전권을 위임하는 식은 불가능하다.

상명하복의 율법에 의거하면 상관이 자기보다 약하다고 생각할 경우 누구라도 명령을 거부하여 명불복 일필살의 법칙을 따를 수 있다.

따라서 그렇게 하지 않겠다는 약조를 하는 것 자체가 상명하복의 율법에 어긋나는 것이다.

천서휘는 박소을을 보며 강하게 말했다.

"제가 이 자리에 있는 대주들보다 강하다 자부할 수는 없습니다. 허나 호락호락하게 떨어져 나가지도 않을 것입니다. 돌아오실 때까지 이 자리를 지키겠습니다."

박소을이 부드러운 미소를 지으며 말했다.

"자만(自慢)을 버리고 자신(自信)을 얻었구나……. 네 아비가 자랑스러워하겠어."

"……"

피월려는 처음으로 박소을의 하대(下待)를 들었다. 아니, 거의 모든 마인들이 처음으로 들었다. 그리고 그들은 그 기묘한 기분에 모두 말문이 막혔다.

박소을은 말없는 대주들을 바라보며 말했다.

"육대주의 의견이 가장 좋은 것 같소."

초류선은 반발했다.

"하지만!"

박소을은 즉각 무시했다.

"명이오. 하북팽가의 일은 일대주와 제오대 전원을 투입하겠소. 그 외의 일은 천서휘 대주에게 내 전권을 위임하여 처리하겠소. 이건 지금부터 즉시 적용되는 것이오."

명이 떨어진 이상, 답해야만 하는 말은 하나. 방 안의 모든 마인들이 한목소리로 말했다.

"존명."

박소을이 덧붙였다.

"삼대주에 일을 인계해야 하니 그를 제외하고 모두 나가시오. 그리고 일대주는 정오까지 모든 준비를 마치고 동문으로 가시고. 그곳에서 상장군이 기다릴 것이오."

피월려는 포권을 취했다.

"존명."

그가 밖에 나가자, 초류선과 소오진이 서로 대화를 주고받는 것이 보였는데, 초류선은 박소을의 명령이 별로 마음에 들지 않는 듯 보였다.

피월려를 본 소오진이 그에게 다가와 물었다.

"일대주는 방금의 일을 어떻게 생각하지?"

소오진과 피월려는 평소 서로를 보기조차 어려웠다. 하는 일이 너무 다르기도 하지만, 서로 친해질 일도 없었고, 성격도 잘 맞지 않았기 때문이다.

그가 먼저 말을 걸었다는 건, 상당히 중요한 일이라는 것이다.

피월려가 되물었다.

"명령을 해석하지 않는다는 게 본 교의 방침 아니오?"

"명령을 어떻게 보냐가 아니라 총주를 어떻게 보냐고 물은 것이다."

"내가 어떻게 보든 말든 무슨 소용이오. 이미 명령은 내려졌고, 우리가 할 일은 복종하는 것뿐이오."

소오진은 그를 빤히 보다가 곧 낮은 목소리로 물었다.

"총주와 마공을 교환한 적이 있는가?"

피월려는 의외의 질문에 소오진에게 되물었다.

"갑자기 그걸 왜 묻는 것이오?"

"마공이 아니면 깨달음이라도 말이야."

소오진의 눈빛은 그가 느끼고 있는 심각성을 충분히 대변할 정도로 진중했다.

피월려는 고개를 저었다.

"없소."

소오진은 느리게 고개를 끄덕였다.

"그렇군……."

"왜 묻는 것이오?"

소오진은 잠시 아무런 말도 하지 않았다.

피월려는 그가 말을 무시한다고 생각했고, 그래서 발걸음을 돌리려 했다.

소오진의 성격상 충분히 그럴 만했기 때문이다. 다만, 막 발걸음을 돌리려는 피월려에게 소오신이 막 자기 생각에서 벗어나 그에게 질문을 던질 수 있었다.

"본 교의 마인들이 왜 자기 마공이나 깨달음을 공유하는데 주저함이 없는 줄 아나?"

피월려가 말했다.

"상명하복의 율법 때문에 서로 강해지기 위해서 그런 것이 아니오?"

"그런 식이라면 자기 본신내력을 숨기는 게 더 용이할 수도 있지. 중원무림의 문화처럼 말이다. 그러나 본 교에는 오히려 그 정반대의 문화가 자리 잡고 있다."

"그럼 왜 그런 것이라 보시오?"

소오진은 또 자기 생각에 빠진 듯 초점을 흐렸는데, 이번에는 피월려도 팔짱을 끼고 그의 말을 기다렸다.

곧 소오진이 중얼거리듯 말했다.

"본 교에서 무공을 공유하는 문화는 초기부터 존재하던

것이지. 하나의 문화가 형성된 이유를 하나의 이유로 설명하긴 어렵지만… 내 평생 마성에 지배당한 마인들을 다루다 보니 한 가지 경향을 깨닫게 됐어."

"무슨 말을 하고 싶은 것이오?"

"내가 두서가 없었군. 본론으로 들어가면, 마성에 잘 젖어드는 마인들은 대부분 외부 인사였다. 처음에는 그냥 태생 마교인과의 차이라고 봤는데 좀 자세히 분석해 보니, 꼭 그런 것이 아니었다. 한동안 문인의 도움을 받아 통계를 내었고, 이에 나온 답은 마공을 공유하기 꺼리는 경향이 있는 자들이 마성에 잘 젖어든다는 것이다. 외부 인사들이 태생마교인보다 더 마성에 젖어드는 이유는 역혈지체로 태어나지 않았기 때문이 아니라, 그저 무공을 공유하는 마교의 문화에 잘 적응하지 못한 것 때문이라는 거다. 태생마교인 중에서도 마공을 잘 공유하지 않는 자들은 마성에 젖기 쉬웠고, 외부 인사 중에서도 공유를 곧잘 하는 자들은 마성에 젖는 수가 적었다."

어눌하고 복잡한 설명이지만 피월려는 겨우 그의 말을 이해하고 재정립했다.

"마성에 지배당할 확률은 외부 인사냐 태생마교인이냐에 달려 있는 것이 아니라, 마공을 공유하느냐 공유하지 않느냐에 달려 있다는 것이오?"

소오진은 자기도 모르게 감탄사를 내뱉었다.

"역시 소문대로 말을 잘하는군."

"그 이유는 무엇이라 보시오? 마공의 공유가 왜 마성에 지배당하는 것을 막아준단 말이오?"

"공유를 하게 되면 자기 논리에 객관성을 갖출 수 있게 된다. 그렇기에 지속적인 공유를 통해 논리적 모순에서 어느 정도 벗어날 수 있지."

이번에는 이해하기 어려웠다.

피월려는 다시 물었다.

"무슨 말을 하는지 이해하지 못했소."

소오진이 또 턱을 괴고 한참을 생각하다 설명을 이었다.

"마공은 한마디로 표현하면 체계적인 무공이다. 말로 형용할 수 없는 깨달음을 하나하나 분석하여 논리적으로 이해하는 것. 하지만 무의식적인 영역을 논리로 설명하려 하다간 그 논리에 허점이 생기고 그것이 모순이 된다. 그리고 인간의 정신은 모순을 해결할 수 없어 서서히 미치게 된다. 그것이 마성에 젖는 이유이지."

"아… 자가당착(自家撞着)이 마성에 지배당하는 본질이라는 뜻이군. 그래서 공유를 통해 객관성을 유지하여 모순을 최소화시켜야 마성에 지배당하지 않는다는 것이고. 맞소?"

"그래, 그것이 내 이론이다. 이걸 생각해 보면 본 교에서 마공을 공유하는 문화가 자연스럽게 형성된 이유를 알 수 있다. 오히려 그 반대여야 할 곳에서 말이다. 마공을 공유하던 자들이 그렇지 않은 자보다 더 오래 살아남아 그 문화를 다음 세대에 남긴 것이다. 그것이 천 년의 세월 동안 점점 본 교의 문화가 된 것이고."

피월려는 그의 말에 깨닫는 것이 있었다.

"그래서 내가 총주님과 마공을 공유했는지 물어본 것이 군……."

소오진의 두 눈빛이 순간 서늘하게 변했다.

"그 누구도 현무인귀의 진면목을 아는 사람이 없다. 총주가 어떤 마인인지 설명하는 유명한 말이지. 총주는 그 누구와도 무공을 공유하지 않았고, 독자적인 세력을 꾸리지도 않았다. 그의 본신내력이 뭔지도 제대로 아는 사람이 없다. 그런 총주가 어떻게 지금껏 마성에 젖지 않고 천마까지 이를 수 있었을까?"

"……."

"총주의 존재는 내 이론의 살아 있는 맹점이다. 내 이론에 전혀 부합하지 않는 유일한 예……. 하지만 마침내 그것까지도 사라지려 하는지도 모르는군."

피월려가 물었다.

"내게 이것을 모두 말해주는 이유가 무엇이오?"

소오진은 조심스레 뒷말을 이었다.

"나는 일대주가 주소군이 은퇴하고 나서부터 누구하고도 마공을 공유하지 않는 것으로 알고 있다. 맞나?"

"……."

"심검의 깨달음이 귀중하다 생각하면 생각할수록 객관성을 회복해야 할 것이다."

피월려도 낮은 목소리로 차갑게 물었다.

"내 심검이 탐나시오?"

소오진은 고개를 끄덕였다.

"그렇다. 아니라면 내가 왜 구차하게 내 논리를 설명했다고 생각하나?"

"……."

너무나 솔직한 말에 피월려는 순간 말을 잇지 못했다. 피월려는 아직 태생마교인들의 독특한 사고방식을 완전히 받아들이지 못했기에 이렇듯 당황하는 순간이 자주 있었다.

소오진은 피월려에게 마지막 말을 남겼다.

"마인이 마성에 좆는 것만큼 무서운 것이 없지. 그에 관해서 내가 아는 모든 것을 공유하마. 나는 평생 그것과 씨름하며 살았다. 장담하건대, 그 지식은 심검만큼 귀한 것이다."

소오진이 사라질 동안 피월려는 그 자리에서 우두커니 서서 깊은 생각에 빠졌다. 그건 소오진에겐 아쉽게도, 심검의 공유에 대한 고민이 아니었다. 오로지 박소을에 관한 생각 뿐이었다.

피월려는 잠에 들기까지 매우 오랜 시간이 걸렸다.

제팔십장(第八十章)

아침은 순식간에 지나갔다.

혈적현과 그의 참모들에게 하북팽가에 대한 기본 사항을 모두 보고받고, 제오대를 통솔하는 오대주 구양모와 함께 길을 나서기까지, 피월려는 조금도 쉴 틈이 없었다.

그래도 천서휘와 일대일로 마주 보고 지휘권을 다투는 끔찍한 일은 면했으니, 피월려는 차라리 이게 좋다는 생각이 들었다.

피월려와 구양모를 선두로 이백여 명의 오대원들이 그 뒤를 따랐다.

그들은 모두 외부 인사로, 낭인 중 마인으로 발탁될 만큼 실력이 있어 입교한 자들이 대부분이었으나, 간간이 흑도 명가의 고수나 심지어 피치 못할 사정을 가진 백도의 고수들도 섞여 있었다.

그들은 아직 실질적인 전투에 같이 참여조차 하지 않은 신생 집단.

서로의 등을 맡기고 칼을 휘두를 수 있을지 의문이 들 정도로 어수선했다.

낭인들은 기본적으로 서로를 잘 믿지 않았고, 다른 이들도 자기들끼리만 뭉쳐 다른 집단과 섞이지 않았다. 군을 통솔하는 유한이 보면 무슨 소리를 할지 벌써부터 귀에 들리는 듯했다.

이들이 사용하는 무기는 제각각이어서 이를 황도 내에서 옮기는 과정이 만만치 않았다.

다행히도 아침에 유한과 조율한 결과, 도성 밖까지 백운회에서 옮겨주기로 합의했다. 그들이 파견한 사람은 다름 아닌 단시월이었다.

"무기들은 전부 마차에 담으시면 됩니다. 동문까지 친히 가져다 드리죠. 그런데 이것도 무깁니까? 창인 것 같긴 한데……."

"태극지혈이오."

"오호! 검집을 만드셨군요! 나 부교주께서 맨날 달랑달랑 거리고 돌아다니는 게 기억납니다. 이렇게 보니 그냥 평범한 창 같습니다."

태극지혈의 검집은 오늘 아침 혈적현이 준 것이다.

전체적으로 투박한 검은색으로, 그것을 등에 매고 있으면 마치 창을 맨 것처럼 보였다.

태극지혈은 본래 그 예기를 감당할 수 없어 따로 검집이 없었다.

혈적현이 심혈을 기울여 겨우 만들어낸 이것도 반년도 채 가지 않아 잘려 나갈 거라고 말했었다.

피월려가 단시월에게 물었다.

"단 태위도 이번 일에 참가하시오?"

단시월은 고개를 저었다.

"아뇨. 귀찮고 재미없는 일은 질색입니다. 제갈 소저도 없으니 따라갈 이유가 없죠."

하북팽가의 일은 위험하고 소모적인 임무여서 피월려는 전속대원인 주하만 대동했고, 제갈미는 지부에 남게 되었다.

마교의 일과는 동떨어진 하북팽가의 일에 제갈미를 대동하는 것보단 지부의 일에 그 지혜를 빌리는 것이 효율적이라는 공통된 의견이었다.

그런데 뜻밖에도 단시월이 그녀를 언급하니, 피월려가 묻지 않을 수 없었다.

"제갈 소저를 아시오?"

"재밌는 소저 아닙니까? 황도의 무림인들은 거의 다 압니다. 듣자 하니, 정신 상태가 꽤 엇나간 여인이라는 것이……. 아직 딱 세상을 진동시킬 만한 일이 없어 확정된 별호는 없습니다만, 그래도 꽤 괜찮은 후보들이 있습니다. 원래 별호에서 확장된 명봉마녀. 황금천을 다스린다 하여 황금천녀. 그리고 오라비를 죽였다고 패륜광녀까지……. 적어도 열 개는 되는데 확정된 건 없는 것 같습니다. 혹 피 대주께선 뭐로 부르십니까?"

"관심 없소."

"듣자하니 한 광기 하는 여인인 것 같은데, 아마 저와도 얘기가 통할 것 같아서 한번 만났으면 합니다. 주선해 주실 수 있으십니까?"

"됐소."

"흐음, 역시 소문이 사실이군요."

"무슨 소문 말이오?"

"일대주는 극양의 무공을 익혀, 여성 일대원들과 강제로 음양합일을 한다는 소문 말입니다."

"뭐? 그런 소문이 어디 있소?"

"이제부터 있습니다."

"……"

"왜 그렇게 죽일 듯 노려보십니까?"

"이제부터라 함은 앞으로 그런 소문이 생길 거라는 뜻. 즉 단 태위가 그 소문의 근원지라는 것 아니오?"

"소문의 근원지는 옥황상제도 모르는 겁니다. 절대 그리 확정적으로 말할 수야 없죠."

그와 말싸움을 해봤자 힘만 빠질 뿐이다. 피월려는 힘없이 중얼거렸다.

"…됐소. 무기나 옮기시오."

"존… 아, 이 버릇 좀 고쳐야 하는데. 흐흐흐."

단시월은 비웃는 건지, 아니면 그냥 웃는 건지 모를 웃음소리를 내며 마차를 움직였다.

앞서 움직이던 피월려가 그 옆에 서서 따라오는 오대주, 구양모에게 물었다.

"내 정보가 밝지 않아서 그러는데, 제오대에 대해서 간략히 설명해 주시오."

구양모는 피월려의 말을 잠시 생각한 뒤, 대답했다.

"부교주님이 통솔하던 시절과는 많이 다릅니다. 구 낙양 지부 때 많이 희생되고서, 새로 받은 인원이 팔 할이 넘습죠. 뭐, 나름 순수한 무력 집단라고는 하는데, 지부에서 무력을 필요로 하는 중요한 일은 제삼대에서 다 합니다. 요즘은 그냥 제육대의 뒤치다꺼리나 하고 있다고 보시면 됩니다. 혈 대주가 직접 지휘하는 경우도 흔합니다."

"같은 대주이니 그럴 수는 없지 않소?"

"그러면 뭐합니까? 어차피 지부에선 절 대주로 인정하지 않는데. 지금도 이렇게 피 대주에게 명령을 받지 않습니까?"

피월려는 자기도 모르게 그를 아래로 보고 있다는 걸 새삼스럽게 깨달았다.

그는 곧 정중한 말로 말했다.

"같은 대주이니 내게 경어를 쓰지 않으셔도 되오."

구양모는 썩은 미소를 지었다.

"제가 편해서 그렇습니다, 제가 편해서."

"……."

"하여간 더 설명하자면, 지금은 제4단까지 나눴습니다. 총인원은 오백쯤으로, 제1단에 이백 명, 제2단에 이백 명, 제3단에 오십 명, 제4단에 오십 명입니다. 이번 일에는 각각 팔십, 팔십, 이십, 이십, 이렇게 차출했습니다."

"각 단의 인원수가 균등하지 않은 이유는 무엇이오?"

"출신의 문제입니다. 앞선 두 단은 낭인이 대부분이지만 제3단은 나름 흑도의 명가 출신들이고, 제4단은 백도 출신입니다. 어차피 잘 섞이지 않는 터라 아예 단을 나눴습니다."

"현명한 판단이오."

"다른 단주는 모르지만 이놈은 알아두면 앞으로 좋을 겁니다. 삼소!"

구양모의 부름에 한 남자가 뒤에서 뛰어왔다. 그는 경의가 담긴 눈빛으로 피월려를 보며 고개를 숙였다.

"안녕하십니까! 기억하실지 모르지만, 전에 뵈었습니다."

피월려는 그가 등 뒤에 맨 거대한 장대검(長大劍)을 보고 기억할 수 있었다.

"장대검을 쓰는 사람은 흔치 않지. 기억하오. 그때 빌려준 건 아쉽게도 못 쓰게 되었소. 장대검 같은 희귀한 것을 새로 구하느라 힘들었겠소."

"괘념치 마십시오. 심검마께서 제 검을 휘둘러 주신 건만으로도 영광입니다. 그때 주신 깨달음이 컸습니다. 감사의 말씀을 전하고 싶었는데 이렇게 기회가 닿아서 다행입니다."

"아니오. 그때 빌려준 장대검도 귀히 썼으니, 감사는 내가 해야 하는 것이오."

"하하하. 그렇습니까? 오늘 밤에 시간 어떠십니까? 제가 술 한번 사겠습니다."

구양모는 뭔가 못마땅한지, 표정을 구긴 채 그 둘의 대화를 막았다.

"우리가 지금 놀러 가는 건가? 전쟁이야, 전쟁. 무슨 술을 먹겠다고…… 쯧쯧."

"……."

구양모는 피월려를 돌아보며 말을 이었다.

"이래 봬도 이 녀석이 제3단주 자리를 물려받았습니다."

삼소는 웃으면서 말했다.

"그때의 제3단과는 완전히 다르지 않습니까? 대주님, 물려받은 게 아니라 제가 쟁취한 것이지요. 하하하. 다 심검마의 가르침 덕분입니다."

구양모는 혀를 차더니 그에게 말했다.

"야, 됐다. 돌아가라."

"아, 존명!"

삼소는 구양모와 피월려에게 모두 포권을 취한 뒤 자기 자리로 돌아갔다.

피월려는 삼소에게 시선을 놓지 않고 중얼거렸다.

"혹 절정이오?"

구양모는 눈살을 찌푸렸다.

"예?"

"아니, 아무것도 아니오."

"……."

"하여간 이백 명이나 차출하였으니 제오대에서 크게 힘을 써줬군. 그 점은 고맙게 생각하오."

"그것도 혈 대주의 판단입니다. 황군에 지원한 백도세력과 맞추기 위해선 적어도 이백여 명은 필요하다고 생각한 것이지요. 제 생각이 아니니 제게 고마워하실 필요는 없습니다."

한결같이 가시 돋친 말로 일관하는 구양모는 그 속에 불만이 가득한 것 같았다.

피월려는 이를 제대로 파악하지 않으면 앞으로 분란의 씨앗이 될 것이라 생각했다.

그가 물었다.

"그럼 구 대주의 생각은 어떻소?"

"뭘 말입니까?"

"이번 일에 대한 것 말이오. 하북팽가의 일."

"제가 무슨 생각을 하건 무슨 상관이 있겠습니까? 어차피 전 명령을 받는 사람입니다."

"대주이니 낙양지부의 수뇌부라 할 수 있소. 단순히 명령을 받는 마인이 아니오."

"뭐, 그렇게 말하셔도 딱히 없습니다. 이런 귀찮은 걸 생각하는 건 별로 저와 맞지 않습니다. 그냥 명령만 내려주십시오."

"……"

말할 생각이 없으면 피월려도 구태여 알아내고 싶지 않았다.

그들은 그렇게 어색한 침묵 속에 동문에 다다랐다.

새로 지은 동문의 넓이는 마차 서너 대가 동시에 지나갈 수 있을 만큼 넓었다.

그런 곳을 발 디딜 틈이 없이 가득 메우고 있어 백운회 고수의 숫자를 정확히 가늠하기 어려울 정도였다.

피월려가 다가오는 것을 본 유한은 장군마에서 내려와 옷을 털었다.

백운회의 실질적인 수장인 그는 웬만한 귀족들과 대화할 때도 말 위에서 내려오지 않았으니, 그가 피월려에게 보여준 예는 남다른 것이었다.

"백보다 더 지원했군. 이백쯤으로 보이는데, 맞소?"

피월려는 여전히 유한의 하오체가 익숙하지 않았다.

황군이 보는 앞에서 유한에게 하대할 수는 없었고, 피월려 본인도 흑도를 이끄는 입장. 피월려는 어쩔 수 없이 최대한 정중하게 하오체를 썼다.

"군사적인 훈련을 받지 못한 무림인들이오. 때문에 백으론 상장군의 기대에 못 미치리라 보고 그 두 배를 데려왔소. 질로는 부족하여도 이해해 주시오."

유한은 피월려의 팔을 덥석 잡았다.

"이렇게 와줘서 고맙소. 무림인에게 이 일이 얼마나 어려운 일인지는 잘 아오. 노고가 많았소."

"......"

형식적인 말과 행동에 피월려는 온몸에 닭살이 돋는 것 같았다.

하지만 유한은 아랑곳하지 않고 옆의 구양모에게 시선을 옮겼다.

"옆은 부관이오?"

구양모는 얼굴을 구겼고, 피월려는 헛기침을 하고 말했다.

"오히려 내가 부관이라 봐야 하오. 이쪽은 구양모 대주로 제오대를 이끄는 수장이시오. 나는 이번 일에 원활한 의사소통을 위해 가는 것이니, 실질적으로 전투를 지휘하는 것은 구 대주의 몫이오."

구양모가 포권을 취했다.

"상장군을 뵙니다. 구양모입니다."

"아, 그렇군! 천마신교 낙양지부에 두 명이나 되는 천마급 고수가 있을 줄은 몰랐소. 복이 많구려."

피월려가 스스로를 부관이라 낮췄으니, 유한은 구양모를 천마급이라 가정한 것이다.

"......"

"......"

황궁에서 벼슬을 가진 만큼, 유한은 그 우직한 성격에 어울리지 않는 눈치를 몸으로 익혔다.

때문에 그 짧은 침묵 속에 오가는 묘한 기운을 읽을 순 있었지만, 정확히 어떤 것인지는 알지 못했다.

유한은 포권을 취하며 말을 돌렸다.

"정말 큰 힘이 되오. 황제 폐하께서도 이 노고를 절대 잊지 않으시리라 믿소. 한데 예상은 했지만, 정말 말을 가져오지 않으셨소?"

피월려가 대답했다.

"무림인에게 말이 뭐가 필요 있겠소? 게다가 어차피 늦은 길 아니오?"

하북은 이미 하북팽가에게로 모든 권력이 넘어간 상태다.

황궁에 소식이 전해지기까지 너무 오래 걸렸고, 또 그렇게 된 이유도 천도의 일 때문에 지방에 신경을 쓰지 못하는 점을 정확히 노려 하북팽가에서 워낙 완벽하게 하북을 장악했기 때문이다. 그들은 이미 황궁의 움직임에 모든 방비를 갖춘 상태였다.

다만 그것을 마교가 어찌 정확히 알고 있는가. 유한은 역시 호락호락하지 않은 상대라는 것을 다시 느끼면서 대답했다.

"그러나 무리를 이끄는 심검마도 걷게 할 순 없소. 여봐라!"

그의 외침에 백운회 고수 한 명이 대답했다.

"예!"

"심검마께 좋은 말 한 마리를 내드려라."

그 백운회 고수는 즉시 말 한 마리를 대령했고, 피월려는 자연스럽게 그 말에 탔다.

"일단 선두에서 소개시켜 줄 분이 있소. 앞으로 오시오."

피월려와 유한은 말을 몰아 앞으로 갔고, 그 뒤를 구양모는 어이가 없다는 듯 바라만 봤다.

하지만 말에 타자마자 바로 상황을 설명하기 시작한 유한의 말에 집중하던 피월려는 미처 구양모에 신경을 쓰지 못했다.

그들은 동문 앞에 섰고, 그곳에는 무림맹에서 차출한 것처럼 보이는 백도의 고수들이 보였다.

그들은 총 백여 명으로 피월려의 등장에 다양한 시선으로 그를 바라보기 시작했다.

놀람, 경외, 분노 등등. 실로 그 종류가 다양하여 어느 감정 하나 주류라고 말하기 어려웠다.

그리고 그들의 가장 앞에서 백마에 타고 있는 노인, 능수지통 제갈토는 피월려를 보자마자 활짝 미소를 지었다.

"아! 안녕하신가, 심검마! 잘 쉬었는가? 내 그러지 않아도 자네가 온다는 소식에 얼마나 기뻤는지! 이 거대한 무림에 떠오르는 신성이지 않은가? 요즘 백도에는 워낙 젊은 고수가 없어 걱정인데 혹도에선 자네 같은 후기지수가 떡하니 버텨주니 얼마나 좋을꼬! 백도의 후기지수들은 복이 없는지 다들 죽어나가기만 해!"

백도의 몇몇 후기지수들은 천마신교에 의해 암살당했었다. 어떠한 물증도 목격자도 없어서 확증을 내리진 못했지만, 적어도 제갈토는 그것이 천마신교의 일임을 확신하고 비꼰 것이다.

쾌활한 목소리에 피월려는 오른쪽 눈이 살짝 아파오는 것을 느꼈다.

그는 최대한 감정을 억제하면서 말했다.

"어르신께서도 정정하신 것처럼 보이는군요. 이번 하북팽가의 일에 직접 참여하십니까?"

능수지통의 표정이 살짝 어두워졌다.

"내 맹주에게 심히 혼이 났었네. 옆에 있다간 뼈도 못 추릴 것 같아서 내가 자원했지."

"어르신을 뵈니 이상하게 멀쩡하던 오른쪽 눈이 아파옵니다."

"원래 맞은 사람은 때린 사람 모습만 봐도 맞은 데가 아파오는 법이지……. 그런 하찮은 일은 너무 신경 쓰지 말게. 헛 통증이니. 마음의 문제일세, 마음의 문제. 마음의 검을 다루는 심검마에겐 얼마든지 극복할 수 있는 일이야! 암, 그렇고말고."

거기까지 말을 들은 유한은 눈을 크게 뜨고 자기 오른쪽
눈을 가리키며 피월려를 보았다.

"혹⋯⋯."

피월려는 그가 말을 다 하기 전에 고개를 끄덕였다.

"맞소."

"⋯⋯."

"걱정 마시오. 공과 사는 구분할 줄 아니. 하북팽가에 있
는 동안 어떤 분란도 조장하지 않을 것을 약속드리겠소."

그래도 눈을 뽑은 사람을 그냥 두고 볼 수 있을까? 유한
은 자기가 실수했다고 생각했다.

그런데 그 생각을 눈치챘는지, 제갈토가 유한에게 말했다.

"상장군은 너무 심려치 마시게. 내가 경험한 바로는 심검
마가 잔머리를 좀 부릴 줄 알아도, 공적인 일 앞에 사적인
일을 들이미는 어리석은 사람이 아니야. 하여간 이렇게 동고
동락하는 사이가 되니 기분이 좋구먼!"

"⋯⋯."

제갈토는 하얀 이를 드러냈다.

*　　　　*　　　　*

첫날은 150리를 걸었다. 조금 빠른 걸음으로 일곱 시진이 넘는 시간 동안 걸어 한밤중이 돼서야 공의(鞏義)에 도착했으니, 이는 내공을 가진 무림인이라 할지라도 지치지 않을 수 없는 강행군이었다.

다행히 공의는 제법 큰 도시라, 천에 가까운 무사들이 모두 고기를 마음껏 먹고 편안한 잠자리에서 달콤한 잠을 잘 수 있었다.

그러나 피월려는 잠들지 못했다. 누군가 그를 깨웠기 때문이다.

"상장군께서 부르십니다."

내력을 이용해 뭉친 허리와 허벅지를 다스리던 피월려는 몰려오는 피곤을 억지로 몰아내고 자리에서 일어났다.

곧 그는 유한이 기거하는 방에 도착했는데, 유한은 아예 잘 생각이 없는 듯 환한 촛불로 방을 밝혀놓고 빼곡하게 그려진 지도를 내려다보며 턱을 괴고 있었다.

그는 피월려가 도착했는지도 모를 정도로 몰두하고 있었다.

"잠을 자야 지휘도 하지."

유한은 눈길을 돌리지 않고 말했다.

"부족한 잠은 말 위에서 자면 그만이다. 그 이상은 사치야."

피월려는 의자에 털썩 주저앉아 물 잔에 물을 따라 마시며 말했다. 그런데 먹고 보니, 다 식은 차였다.

혀를 내두른 피월려가 중얼거렸다.

"마치 전장을 경험한 것처럼 말하는군."

유한은 딱딱하게 대답했다.

"경험했다."

"설마. 이제 막 상장군이 되었잖아? 전에는 무림인의 감옥의 간수였고. 천에 근접하는 군사를 언제 통솔해 봤다는 거지?"

"개봉의 일은 천 명이 아니라 만 명이 넘어가는 일이었다."

태화난이 일어난 구 황도인 개봉에서의 반란은 만 명이 족히 넘어가는 군사들이 동원되었었다.

그때의 일은 전장을 방불케 하는 엄청난 사건.

이를 잘 끝마친 유한은 능력에 있어 상장군으로 모자랄 것이 없었다.

피월려가 어깨를 들썩였다.

"그것과 전쟁은 다르지."

"안다. 무림인들이 모여 천이라는 숫자가 거론된 건 흑백대전 때도 거의 없었어. 있었어도 넓은 평지에 모여 다 같이 무예를 겨루는 정도……. 진짜 전쟁이라 할 것도 없었지. 어린애 장난 같은 수준이야."

피월려가 태화난이 전쟁과 다르다고 말한 이유는 태화난에서 유한이 한 일이 도성의 문을 봉쇄하는 것뿐이기 때문이었다.

그도 큰일이 아니라 할 수 없지만, 전쟁과는 비교하기 어려웠다.

그런데 유한은 태화난이 전쟁과 다른 이유를 무림인들이 관여했기에 질이 떨어졌다는 식으로 받아친 것이다.

피월려는 웃었다.

"무림인의 싸움을 조롱하는 건가?"

"전쟁은 무공을 겨루는 것이 아니다. 인간이 상상할 수 있는 모든 종류의 방법을 동원하여 적을 무력화시키는 것뿐. 무림인들은 자기를 과대평가하지만 정작 전쟁에선 뛰어난 군사 한 명만도 못하다."

"뭐, 도성 전체를 봉쇄하고 모두 불살라 버리는 짓은 악인들의 소굴이라는 본 교도 생각할 수 없는 수준의 것이었지. 그걸 자랑하려고 불렀나?"

유한은 순간 끓어오른 분노를 한 번의 외침으로 다스렸다.

"닥쳐라. 내게 힘이 있었다면 절대 허락하지 않을 것이다. 다 대의(大義)를 위해서다."

"정말 그렇게 믿어?"

"……."

유한은 대답하지 않았지만 표정과 눈빛으로 이미 충분히 많은 말을 했다.

수많은 사람들이 희생되었다는 분노와 황명을 받들어야 한다는 황군으로서의 충성심 사이의 혼란 속에서, 아직 헤어 나오지 못한 듯 보였다.

오랜 시간을 두고 차근차근 설득하면 충분히 가능성이 엿보인다.

그러나 지금 당장 그를 더 자극하다간 정말로 칼부림이 날 것 같다.

피월려는 한 발짝 뒤로 물러서기로 했다. 그는 자연스레 화제를 바꿨다.

"겉멋에 취한 백도 놈들이나 그렇지, 흑도는 그렇지 않아. 흑도에서도 적을 섬멸하기 위해 수단과 방법을 가리지 않지."

유한은 고개를 돌려 지도로 향하면서 나지막하게 대답했다.

"내가 볼 땐 흑도인도 충분히 겉멋에 취해 있어. 마교인들은 더하지. 강한 자가 약한 자를 지배한다? 꿈같은 소리지. 인간은 그보다 훨씬 약하고 추하다."

피월려는 굳이 반박하지 않았다. 대신 역으로 물었다.

"재밌는 논리군. 그럼 무림인들을 왜 징병한 거야? 전쟁엔 쓸모도 없는데? 오늘 내내 이래저래 구실을 달아서 무림인들을 징병한 이유를 설명했지만, 솔직히 다 개소리로 들리던데……. 내가 맞혀볼까, 진짜 이유를?"

"다른 이유는 없다. 말한 대로 중원은 전쟁을 치른 지 너무 오래되어, 일반 백성들은 전쟁에 너무 둔감하다. 또한 일반 백성을 움직이는 건 돈이나 이해관계가 아니라 명분! 황궁이나 권문세가나 어느 쪽에 더 명분이 있다고 확실히 말할 수도 없는 상황이니 양쪽에서 함부로 일반 백성을 차출하지 못하는 것이지."

태화난과 반란으로 황제에 오른 경운제는 천도 사업으로 민심을 겨우 다스리고 있었다.

민심이 조금이라도 흉흉해지면, 태화난과 반란을 일으킨 경운제는 그 자리를 유지하기 어려울 것이다.

마찬가지로 하북팽가도 세금을 바치며 황궁을 인정하겠다는 것으로 반란이라는 명목에서 겨우 벗어나고 있었다. 만약 민중이 하북팽가를 반란 세력이라 믿게 된다면, 백만이 넘어가는 군병에 하북은 완전히 초토화될 것이다.

그 누구도 민심의 방향을 장담하지 못한다.

이것이 황궁과 하북팽가 간의 싸움이 무림인의 것으로 변질된 가장 근본적인 이유라고 유한은 설명했다.

그 점은 피월려도 인정했지만, 그는 그보다 더 깊은 이유를 보았다.

"오백이나 되는 백운회의 고수들을 차출하여 밖으로 떠나는 만큼, 황도 내에 무림세력을 줄일 필요가 있었겠지. 즉 반란을 진압할 전력을 증강하기 위한 것이 아니라, 오히려 황도 내 무림세력의 전력을 약화시키기 위한 것이다. 아닌가?"

유한은 순순히 고개를 끄덕였다.

"잘 아는군. 그럼에도 징병에 응한 이유는 뭐지?"

"솔직하게 말하면, 이번 하북팽가의 배후에 백도무림이 있을 수도 있겠다는 의심이 생겼다. 그래서 우리가 이번 일에 참가하지 않으면, 완전히 백도무림의 손바닥 위에서 모든 일이 진행되는 것이니까……. 유한 너도 그런 의심을 했을 것 같은데, 아닌가? 그래서 우리에게도 손을 뻗은 것이고. 또한 지금 나를 따로 부른 이유도 그것이고……."

유한은 잠시 침묵하다가 이내 곧 속내를 털어놓았다.

"심검마의 심계가 깊다는 소리는 들었지만, 이 정도일 줄은 몰랐군."

"그거 요즘 많이 듣는 소리야. 하여간 백도 쪽에서도 우리가 절대 참여하지 않을 거라고 생각한 것 같다. 그럴 수밖에. 본 교의 입장에선 득이 될 것이 하나도 없으니까. 그러다가 본 교가 나서서 이백의 고수를 지원하니 이 엄청난 변수를 제어하기 위해서 제갈토라는 초강력수를 막판에 추가로 둔 것이겠지."

유한이 중얼거렸다.

"제갈토가 온 이상, 네가 뭘 하려 해도 무의미할 것이다."

유한의 복소리에는 작은 허무함이 담겨 있었다. 그가 한 말은 본인에게도 적용되기 때문이다.

제갈토가 있는 이상, 모든 상황이 백도무림에서 유도한 대로 흐르리라는 것은 자명한 사실.

어찌 보면 백도무림은 제갈토의 신변까지도 걸고서 피월려라는 변수에 대비한 것이다.

피월려는 유한과 다르게 그 부분에서 긍정적인 면을 찾았다.

"잘만 하면 제갈토를 죽일 수 있는 기회가 올지도 몰라."

"현재로서는 엄연히 의심의 단계일 뿐이다. 만약 아무 근거 없이 그런 일을 벌였다간 아군을 공격한 죄로 내가 직접 널 참수해 버릴 것이다. 또한 내가 암묵적으로 동의한다 해도, 제갈토가 그 정도도 방비하지 못할 것 같나? 오히려 저쪽에서 너를 노려볼 만하다."

"그래서? 암묵적으로는 동의한다는 것이군."

"그런 말은 한 적 없다."

그렇게 말하는 유한은 피월려와 시선을 마주치지 않았다.

피월려는 그에게 암묵적 허락을 받았다는 사실에 솔직히 놀람이 앞섰다. 유한이 그 정도로 제갈토를 경계한다는 건 그에 대해 그만큼 강한 의구심을 품고 있다는 걸 의미하기 때문이다.

피월려가 대수롭지 않게 말했다.

"뭐 그래도 괜찮아. 황도에서 제갈토를 끌어낸 것만으로도 큰 성과야."

위로의 말이지만, 유한은 그 뒤에 숨은 속뜻을 날카롭게 짚어내었다.

"무슨 뜻이지? 황도에서 무슨 일을 벌이려고 하는 건가?"

피월려는 순간적인 그의 지적에 감탄했지만, 겉으로는 조금도 표현하지 않았다.

"아니, 다만 새롭게 수장 자리에 오른 인물이 좀… 호전적인 인물이라서 말이야."

"호전적?"

"태원이가를 아는가?"

"알지. 중원에서 그 사건을 모르는 사람도 있나?"

"거길 박살 낸 자가 이번 낙양지부의 수장 자리에 올랐다."

"뭐? 설마 비응검마(飛鷹劍魔)?"

"비응검마? 아니, 천서휘라는 마인이야."

"그래, 비응검마 천서휘. 설마 천서휘의 별호를 모르나?"

솔직히 몰랐다. 피월려는 머리를 긁적이며 멋쩍게 웃었다.

"아… 그래. 뭐, 비응검마라고? 별호 좋네."

유한은 어이가 없다는 듯 피월려를 보았다.

"정말 몰랐군. 참 나, 어떻게 자기 지부에서 가장 유명한 일귀이마(一鬼二魔) 중 하나의 별호를 모를 수가 있지?"

"일귀이마?"

"당연히 심검마(心劍魔), 비응검마(飛鷹劍魔), 그리고 현무인귀(玄霧人鬼)이지. 이 셋은 마인이 되기 전부터 서로 의형제를 맺고 밑바닥에서부터 올라왔으며, 그 우애가 남달라 서로에게 칼을 맡길 정도라는데, 역시 소문은 믿을 게 못 되는군. 의형제의 별호도 모르다니……."

피월려는 입에서 차를 뿜었다. 그러곤 얼굴을 잔뜩 구기곤 말했다.

"의형제? 우애? 도대체 어떤 미친놈이 그런 소문을 낸 거야?"

"소문의 근원지는 옥황상제도 모른다던 부하 녀석의 말이 떠오르는군."

"그 자식이 태위가 되고 나서 아주 죽으려고……."

"하여간 그가 수장 자리에 올랐다는 건, 현무인귀에게 무슨 일이 생긴 것인가?"

기분이 더러워진 피월려는 코웃음을 쳤다.

"내가 말할 수 있는 건 거기까지야. 여기에 부른 이유나 말해."

유한은 잠시 다른 생각에 빠졌지만, 심계에 도가 튼 피월려를 앞에 두고 다른 생각을 할 순 없었다. 그는 곧 머리를 흔들어 정신을 집중하곤 말했다.

"그럼 하북팽가의 뒤에 백도무림이 있다는 걸……."

피월려가 갑자기 유한의 말을 잘랐다.

"아아, 미안한데, 한 가지 생각나서, 내가 먼저 물어볼 것이 있어."

유한이 말을 멈추고 물었다.

"뭔가?"

"이번 일이 백도세력에서 주도했다고 의심하는 이유를 설명해 줘."

"무슨 뜻이지? 뭘 알고 싶은 건가?"

"백도세력이 뒤에 있는지 없는지 확신하고 싶어서 그래. 나와 같이 백도세력을 견제하려고 마음먹었다면 확실히 정보를 공유해 줘야만 한다."

"……."

유한의 입술이 점점 더 굳게 닫히는 것처럼 보이자, 피월려는 서둘러 최대한 그를 설득했다.

"말해주지 않는 한 서로 간의 신뢰는 있을 수 없다, 유한. 그럼 나는 그저 여기 온 원래 목적대로 하북팽가와 싸움을 할 뿐이야. 이것까지 말해주지. 본 교에서는 여기 파견한 이백의 고수를 모두 잃어도 아무렇지 않아. 본 교의 입장에선 소모품에 불과하지. 그러니 이번 일이 백도무림과 제갈토의 의중대로 흘러간다 한들, 나만 빠지면 그만이다. 그러나 백운회는 그렇지 않다. 백운회는 오백에 달하는 고수들을 이번 일에 소모시킬 수 있나? 절대 불가지. 장군으로서의 책임감으로도 넌 용납하지 못할 거다. 그러니 말해봐라. 왜 백도무림이 이 일의 배후라고 의심하는지. 그럼 나도 돕겠다."

유한은 한참을 고민했다.

침이 말라가는 것을 느낀 피월려가 입을 몇 번 축이자, 유한이 서서히 입을 열기 시작했다.

"그것을 말해주는 대신 조건이 있다."

"뭐지?"

"정보는 정보로 교환해야겠지. 현무인귀가 수장에서 물러나게 된 경위를 말해라. 그럼 나도 공유하지."

물었다!

피월려는 실룩거리는 입꼬리를 참아내며 태연하게 말했다.

"내가 먼저 물었으니, 먼저 설명해. 내가 여기서 도망갈 수 있는 것도 아니고……."

"좋다."

유한은 의자를 끌어 와 자리에 앉았다.

그리고 잠시 턱을 괴고 어디서부터 이야기해야 할지 생각하다 곧 입을 열었다.

"권문세가는 크게 두 부류로 나눌 수 있다. 황도에 머물러 황궁과 황제 폐하께 직접적인 영향을 행사하는 중앙귀족(中央貴族)들과 지방에서 득세하여 그 근방에 넓은 땅을 소유한 지방호족(地方豪族)들이다. 중앙귀족들의 경우는 황제 폐하와 가까워 권력이 막강하고, 지방호족들의 경우는 땅과 재산이 많아 재력이 많다. 태화난 사건 때, 떼죽음을 당한 권문세가들은 대부분 전자에 해당한다. 황제 폐하께서는 무림을 직접 통치하고자 하는 뜻을 가진 분이시고, 이 뜻에 반하는 귀족들을 태화난 때 모조리 불살라 버리셨다. 그리고 오로지 같은 뜻을 가진 귀족들만 목숨을 구제받았지. 지금 낙양에서 신흥세력으로 부상하는 무리들이 바로 그들이다."

"흔히 말하는 줄을 잘 탄 놈들이군. 태화난이 그저 그런 반란으로 끝났을 수도 있었으니, 그 신흥세력은 일생일대의 도박에서 승리한 거야."

"그리 말해도 좋다. 사실이니까. 어찌 되었든, 그 신흥세력 중엔 우리 백운회도 있다. 가장 직접적으로 황제 폐하를 도왔고, 황제의 자리에 오르게 만든 일등공신들이다. 그리고 간접적으로 도왔던 네 공도 황제 폐하께선 잊지 않고 계시다."

"황태자를 직접 죽였으니 간접적이 아니라 직접적이라 할 만하지. 그렇게 보면 나도 일등공신이네."

"그래서 네 목숨을 살려줬으니, 그것으로 만족해라."

피월려는 고개를 갸우뚱했다.

"뭐?"

"아, 말하지 않았었지. 태화난이 끝난 후, 내가 친히 황제 폐하께 나아가 네 추살(追殺)을 청했다. 그러나 황제 폐하께선 네 공을 잊지 않으시고 윤허하지 않으셨다. 뿐만 아니라 내게도 잊으라 명하셨지. 일종의 면책이니 감사한 마음을 잃지 않도록 해라."

"그 말이 사실인가?"

"부하의 복수는 잊지 않는다는 말은 진심이었다, 피월려. 다만 황명보다 내 사적인 감정을 앞세울 순 없지. 그래서 나도 잊기로 한 것이다. 그것으로 일등공신으로서의 대가를 모두 받았다 쳐라."

"……."

날카로워지는 피월려의 눈꼬리에 유한은 담담하게 말했다.

"살기를 거두지 않으면 제갈토가 이 만남을 알아챌 것이다."

피월려는 숨을 푹 하고 내쉬곤 살기를 거두며 말했다.

"후우, 뭐, 그럼… 본론으로 돌아가자고. 피차 더 마음 상하는 일 없이 말이야."

유한은 피월려의 위협에도 전혀 변함없는 목소리로 설명을 이어갔다.

"당시 백도무림은 전 황제를 도와 우리와 맞섰다. 호룡군은 알겠지? 그 호룡군으로 위장하여 적극적으로 황제 폐하를 도왔지. 검선이 직접 왔으니 적극적이란 말도 부족하다."

"그들을 막아낸 것도 본 교의 고수들이지."

"정확하게는 태룡마검, 마교의 부교주가 아니었다면 경찬군과 현 황제 폐하의 목숨이 위험했을 것이고, 거사 또한 수포로 돌아갔을 것이다. 그렇게 되면 당시 황태자를 이용해서 황궁을 장악하려던 백도무림의 계획대로 모든 일이 흘러갈 뻔했다. 입신의 반열에 들어선 태룡마검이 엄청난 변수로 작용하지 않았다면 희망이 없었지."

"섭섭하네. 나도 꽤 큰일을 한 것 같은데."

"제갈토의 계산을 벗어날 수 있는 자는 입신의 고수밖에 없다. 네 행동들도 모두 그의 계획 아래 있었을 것이야."

"……."

그건 반박할 수 없는 사실이었다. 나지오가 아니었다면
피월려는 그 자리에서 검선에게 죽었을 것이기 때문이다.

유한이 말을 이었다.

"이를 거꾸로 생각하면, 백도무림은 아마 태화난 이전부터
권문세가와 결탁했을 가능성이 크다. 황궁제일미를 통해서
황태자를 꼭두각시로 만든다? 그 계획은 제갈토라면 충분히
짤 수 있었겠지만, 백도무림에서 홀로 실행하기엔 무리가 있
다. 황궁의 사정을 잘 알고 권력이 강한 조력자가 없이는 불
가능해. 이를 생각해 보면, 이미 권문세가들과 백도무림은
그전부터 합의를 보았다고 봐야 한다."

"그 권문세가들이 모두 불타 죽었으니, 이젠 신흥세력에
손을 뻗겠군?"

"신흥세력에는 그 손길을 미치지 못한 듯하다. 신흥세력은
황궁의 제력을 바탕으로 지금의 삶에 상당히 만족하고 있는
터라 어떤 유혹의 손길에도 콧방귀 하나 뀌지 않겠지. 다만
기존 권문세가 중 감히 황제 폐하의 뜻에 반하면서도 태화
난 때 정리하지 못한 자들이 있다."

"태화난 때 살아남은 자들이 있었나?"

"아니, 아까도 말한 지방호족들이다. 각자 지방에 있던 이

들은 태화난 때 아무런 피해도 없이 그대로 세력이 이어졌다. 그리고 그들은 본래부터 지방의 치안을 실질적으로 다스리는 무림방파와 긴밀한 관계를 유지한다."

"그건 넓은 중원의 지리적 한계상 당연한 이치지."

"나는 처음 백도무림이 중앙귀족과 결탁하게 된 것도 지방호족에서 다리를 놔주었기에 가능하다고 본다. 그로 인해서 대운제국의 황태자를 조종하려는 간 큰 계획을 세우고 실행에 옮길 수 있었던 것이다. 따라서 이번 하북팽가의 일도 백도무림의 짓이라 생각한다."

"추측이 너무 나간 면이 없지 않아 있어."

"마교의 세력권인 남쪽의 지방호족들 중에는 마교와도 친분이 두터운 가문도 많다. 지방호족은 중앙귀족처럼 결속력이 강한 단일 세력이라 볼 수 없지. 그 수많은 지방호족 중왜 하필 하북팽가일까, 생각해 보면 답이 바로 나온다. 하북만큼 황도에서 떨어졌고, 백도의 세력권에 완전히 둘러싸인 성도 없지. 분명 백도에 호의적인 북동쪽의 지방호족이 하북팽가를 필두로 뭉친 것이다."

"……"

"이것이 전부다. 이젠 네가 대답할 차례다."

피월려는 고개를 끄덕이며 자리에서 일어났다.

"총주님은 병상에 계시다. 수장 자리를 대신한다는 건 사실 그저 그동안 임시로 대신한다는 말이었어."

"정말 그것이 다인가?"

"정말이다. 추호도 거짓이 없지."

유한은 자기가 피월려의 심계에 빠졌다는 사실을 즉각 알아차렸다.

"간사한 놈! 겨우 그런 정보로……."

피월려는 방을 나서며 말했다.

"난 합의대로 원하는 정보를 사실 그대로 말해줬다. 문제는 없을 터! 돕겠다는 약조는 지키겠다, 유 상장군."

방을 나서는 피월려의 발걸음은 가볍기 그지없었다.

또한 그만큼 얄밉기도 했다.

유한은 고개를 몇 번이고 휘저었다.

그의 심계는 좋은 편에 속하나, 제갈토나 피월려를 상대하기엔 부족한 점이 있었다.

그만큼 더 정신을 바짝 차려야 한다.

유한은 자기 뺨을 힘껏 쳤다.

$$*\qquad\qquad *\qquad\qquad *$$

태원이가의 봉문으로 정세가 어지러운 산서성을 거치지 않고 하북성에 들어가려면, 반드시 석가장을 지나야 한다.

총 1,200리에 달하는 그 길은 중간에 청주, 신향, 안양, 감단, 형태를 지나간다.

안전 지역에선 강행군으로 돌파했지만, 서서히 하북이 가까워짐에 따라 기습에 대비하여 걸음을 늦췄다. 그렇게 중간 지점이라 할 수 있는 안양에 그들이 도착하기까지, 총 열흘하고도 이틀이 더 걸렸다.

정보에 의하면, 하북의 세력이 모이는 곳은 하북 남쪽에 위치한 석가장(石家莊)이었다.

대도시인 석가장은 정착 인구에 비해 크기가 컸다. 오랜 세월 교통의 요충지로 발전하면서 전국을 돌아다니는 장사치와 객들에 의해 형성된 도시이기 때문이다.

석가장의 사람들은 오 할 이상이 장사를 업으로 살아갔고, 다른 오 할은 숙박을 업으로 살았다.

대도시라고하기엔 농민의 수가 극도로 적었고, 농사를 할 수 있는 땅도 방치된 곳이 많았다. 특히 평화가 이백오십 년간 지속된 이래, 중원을 여행하는 객들의 숫자가 많아졌고 여행객에 의지하며 살아가는 석가장의 사람들은 큰 어려움 없이 삶을 꾸릴 수 있었다.

무림의 관점에서 보면 석가장은 낭인의 도시였다.

여러 무림방파가 득세하고 몰락했지만, 도시 전체를 휘어잡을 만큼 크게 된 방파는 없었다.

하북팽가를 포함한 주변의 세력들이 석가장을 손에 넣으려 씨름을 했지만, 돈으로 움직이는 낭인들의 숫자가 극도로 많은 터라 낭인들끼리 작당하여 몸값만 비싸게 받는 일이 허다해 결국 누구의 손에도 들어가지 못했다.

안양에 도착한 다음 날 아침, 유한은 하북팽가에서 석가장의 낭인들을 전부 고용했다는 정보를 받았다.

하북팽가 홀로는 그들을 모두 고용할 재력이 있을 리 만무했고, 아마도 지방호족들의 돈을 모아 고용한 것이라 추측했다.

이에 유한은 더는 이대로 진군할 수 없어, 논의를 위해서 피월려와 제갈토를 불렀다. 안양의 군수(郡守)는 황제에게 충성심이 높은 인물이며 그 정보의 책임자이기 때문에, 그 또한 논의에 참여했다.

군수의 저택 사랑방에서 네 사람이 한데 모였다. 유한은 중앙에 위치한 지도를 보고 기본사항을 모두에게 알려주었다. 그는 긴 설명을 끝내며 목을 축였다.

제갈토가 한숨을 내쉬며 말했다.

"이거, 이거……. 이 정도면 정말로 전쟁을 선포했다 할 만하군. 설마 하북팽가에서 천이 넘는 무림인을 모으다니……. 이 정도 숫자면 하북이 아니라 북쪽의 낭인들은 전부 끌어모았다고 해도 과언이 아니군. 천이 넘는 무림인들이 석가장에서 무리를 이루고 있는 게 정말 신빙성 있는 정보인가?"

군수는 고개를 끄덕였다.

"제가 가장 믿을 만한 부하 두 명이 직접 눈으로 똑똑히 봤다 합니다. 어림잡아 천이지, 그 이상이 될 수 있다고도 합니다."

피월려가 그 말에 힘을 실었다.

"낭인 시절, 석가장에 몇 번쯤 들렀었소. 북쪽에선 그곳만큼 많은 낭인들이 오가는 곳도 드물다오. 다수의 낭인들을 고용하려 했다면 석가장에서 하는 것이 가장 좋고, 그랬을 경우 천이 넘게 모일 수도 있소. 물론 돈만 있다면 말이오."

"그 돈이 바로 웃긴 구석이지. 천이 넘어가는 낭인을 모두 고용한다? 그게 말이나 되나? 전 중원에서 천 명 이상의 무림인을 운용할 수 있는 세력은 황궁의 백운회와 마교뿐이지. 황궁의 재력이야 말할 것도 없고 마교의 세력권은 남쪽 일고여덟 개의 성에 미친다. 그 정도는 돼야 천 명의 무림인을 움직일 수 있다. 단순 고용이라 해도 수치가 안 맞지. 뭔가 있어, 뭔가!"

제갈토의 말은 타당했다.

범인이 아닌 무림인의 몸값은 전쟁터에서 천을 만들기엔 턱없이 비싸다.

특히나 일의 위험도에 따라서 부르는 값이 천차만별이니,

전쟁에 직접 몸을 내놓으라고 한다면 금 10냥으로도 일을
안 할 자들이 수두룩하다.

피월려가 유한에게 말했다.

"이건 전란(戰亂)이다. 백성을 징병하여 전쟁을 치러야 해.
무림인들이 모여 해결할 수 있는 수준이 아니야."

유한이 고개를 저었다.

"중원인은 이백오십 년간 전쟁을 모르고 살았다. 민심이
어디로 흐를지 몰라."

"하북팽가에서 고용한 자가 천 명이다. 이 정도면 황도를
위협하는 사병을 거느렸다고 몰아세울 만하지."

"만을 넘지 않는 한 문제가 되지 않는다. 천 명의 병사 정
도는 몇몇 지방호족들도 갖추고 있어. 그것까지 간섭하기엔
중원이 너무 크다."

"천 명의 병사가 아니라 천 명의 무림인이다."

"그렇게 따지면 천 명 이상의 무림인을 거느린 마교도 반
란 세력의 범주에 들어가겠지."

"……"

"지금으로서는 병사와 무림인을 나누는 뚜렷한 기준이 없
다. 한 지방호족이 천 명의 무림인을 고용했다고 해서 그것
이 일반 백성을 징병하여 반란을 잠재울 만큼의 명분은 될
수 없다. 하북팽가는 영리하게도 세금을 바치며 황실을 인

정하겠다는 자세를 고수하고 있다. 그 또한 그들도 우리가 일방적으로 백성들을 징병할 만한 명분을 주지 않으려는 것이다. 석가장에 천의 무림인이 기다린다고 해서 이번 전면전을 피하고 돌아갈 수 없다. 그들은 대부분 낭인이니, 전투가 어렵지 않을 것이다."

그의 말에 제갈토가 말을 이었다.

"난 상장군의 생각과 달라. 무림인의 싸움은 전쟁이 아니야. 마주하고 서서 우아아! 하며 꽝하고 붙는 거? 그럴 이유 자체가 없지. 암! 없고말고! 저들에겐 지킬 가족이 있는 것도 아니고, 정복하고자 하는 야심이 있는 것도 아니지. 단순히 돈에 의해 움직이는 것이야. 전면전에선 전선만 무너져도 다 꼬리를 말고 도망갈걸? 하북팽가에서도 전면전으로 끌고 갈 리가 없지."

유한이 물었다.

"그럼 능수지통께선 전황이 어떻게 흘러갈 것이라 보시오?"

"안양에서 석가장 그리고 북경까지 이어지는 길은 서쪽에 태항산맥(太行山脈)을 두고 올라가게 되어 있지. 태항산맥은 험준하여 여기서 더 서쪽으로 돌아갈 방도는 없네. 그리고 또한 동쪽은 평지로 구 할 이상이 농경지야. 어느 길목을 선택하든 석가장에 모인 낭인들이 즉시 반응하여 얼마든지 먼저 길목을 차단할 수 있지."

"그래서 전면전을 피할 방도가 없다는 것이오."

제갈토는 어린아이 같은 미소를 지으며 태항산맥을 가리켰다.

"요쪽으로. 이렇게, 이렇게. 서쪽으로 돌아가면 되지 않는가?"

"태항산맥을 타고 말이오? 방금 태항산맥이 너무 험준하여 그곳으로 돌아갈 방도가 없다는 것이 능수지통의 말이셨소. 또한 섬서성으로 들어가는 것도 위험하오. 아시다시피 섬서성은 태원이가의 봉문으로 그 힘을 붙잡으려는 중소방파들의 분쟁이 심하여 병사를 움직이기 너무 혼란스럽소."

"섬서성으로 가자는 것이 아닐세. 태항산맥을 타고 움직이자는 것이야. 그곳이 험준하다는 거야, 범인과 일반 병사들의 기준에서 그러한 것이지. 무림인이라면 충분히 그 험준한 산맥에서도 움직일 수 있지. 모두 경신법과 보법을 어느 정도 펼칠 줄 아니, 진지하게 말하는데 기다란 통나무 하나만 메고 그때그때 다리를 만들어서 건너는 것도 가능하지."

"태항산맥은 산서성과 하북성을 오가는 동서 방향의 길목만이 존재하오. 남북으로 움직이는 길 자체가 존재하지 않는데 어찌 움직일 수 있다는 것이오. 야생의 맹수도 그렇겐 움직이진 못할 것이오."

"왜 없는가? 산맥 자체가 남북으로 이어져 있거늘. 쯧쯧쯧 아직도 못 보시는가?"

유한은 영문을 모르겠다는 듯 피월려를 보았는데, 피월려는 제갈토의 말을 겨우 알아들을 수 있었다.

"정상선(頂上線)을 타자는 말이오?"

"크! 역시! 심검마는 사태를 꿰뚫어 보는 심미안이 있어. 응? 아주 부러워! 정상선을 타고 움직이면 개개인의 무공 수위 차이가 극대화되어 낭인들로 구성된 저들은 절대 우리를 쫓지 못할 것이야. 게다가 북경 코앞까지 도달할 수 있으니 이는 일석이조!"

유한은 팔짱을 꼈다.

"세상천지에 산의 정상선으로 움직이는 부대가 어디 있다는 말이오? 매일 적어도 일 할씩은 실족사로 죽어나갈 것이오. 높은 고도에선 아직 날씨도 완전히 풀리지 않아, 운행하는 데 큰 무리가 따를 것이고, 식량 조달도 어렵소."

제갈토가 양팔을 밖으로 뻗으며 쾌활하게 말했다.

"일반 군병이라면 그렇지. 하나 무림인이라면 그렇지 않아. 특히나 백운회, 마교, 무림맹의 고수들이야 말할 것도 없고. 실족사나 동상으로 죽는 인원은 백에도 채 못 미칠 것이야. 그것이 싸움을 피하고 하북팽가에 직접적인 피해를 줄 수 있는 값어치를 한다면 충분히 희생할 가치가 있어. 그렇지 않나, 심검마?"

피월려는 잠시 고민했다. 사냥꾼의 자식인 만큼 그는 비교적 쉽게 상황을 상상할 수 있었다.

산의 정상선의 600리.

그러면 적어도 오십 시진이다.

하루 다섯 시진을 걷는다 해도 열흘.

세 시진을 걷는다면 십칠 일.

보름이 넘을지 모르는 그 기간 동안 천 명의 무림인들의 식량을 가져갈 순 없을 터.

그 문제만 뺀다면 해볼 만한 일이었다.

단지 제갈토의 꿍꿍이가 무엇인지 궁금하다.

그때 주하에게 전음이 왔다.

[용아(龍牙)라는 자의 이름으로 대주께 서찰이 왔다 합니다. 그러나 본 교에는 그런 자가 없다고…….]

피월려는 자리에서 갑자기 일어섰다.

"둘이 논의하시오. 나는 급한 일이 있어 나가보겠소."

제갈토의 눈동자는 급격히 커졌고, 유한은 덩달아 일어날 정도로 놀랐다.

"지금 이 일보다 더 중요한 일이 어디 있다는 것이오?"

"최종 결정에 무조건 따르겠으니, 걱정하지 마시오. 다만 만약 산의 정상선을 타고 움직인다면 식량 조달이 가장 문제일 것이오. 그 점만 잘 고려해 보시오. 그럼."

피월려는 거침없는 발걸음으로 방에서 나갔고, 너무 갑작스러운 행동에 유한은 그를 저지하지 못했다.

밖으로 나와 걷는 도중 주하가 피월려에게 전음을 보냈다.

[용아라는 자가 누구이기에, 그리 급한 것입니까?]

피월려가 대답했다.

[서찰도 중요한 일이긴 하지만, 저 회의에서 내가 얻을 것이 없어 심계를 한번 건 것이오.]

[심계라시면?]

[회의가 어떻게 흘러가든, 특별한 계획이 없는 나는 수동적일 수밖에 없소. 또한 적의 계획을 전혀 모르는 상황이라 내가 찬성을 하든, 반대를 하든 무엇이 좋은지도 나쁜지도 모르지. 즉 의미가 없소.]

[그래도 안에서 상황을 보는 게…….]

[그것보다는, 내가 어떤 꿍꿍이가 있을 거라 의심하게 만들어 자기 꾀에 속아 넘어가게 하는 것도 나쁘지 않다 봤소. 실제로 서찰도 중요한 일이고.]

[…….]

피월려가 나오자, 그를 기다리던 마조대원이 피월려에게 말했다.

"피 대주님, 전속대원께서 말씀드린 대로 서찰을 가지고 왔습니다만, 출처가 불분명하니 제가 먼저 보는 것이 좋을 것 같습니다."

살수들이 암살할 때, 서찰 안쪽에 공기와 닿으면 독기를 풍기는 극독을 뿌려놓는 경우가 종종 있었다.

마조대원은 그러한 경우를 우려하여 말하는 것처럼 했지만, 실상은 그 안의 정보를 엿보기 위함이라는 것을 피월려는 잘 알았다.

교주와 반목하는 그의 입장상 마조대원 하나하나도 모두 적이다.

피월려는 얼굴을 굳히며 손을 뻗었다.

"괜찮소. 주시오."

"존명."

피월려는 서찰을 받아 직접 눈으로 읽으며 마조대원에게 말했다.

"경위는?"

마조대원은 공손한 자세를 유지하며 대답했다.

"살문 쪽에서 서찰을 관리하는 중간 과정에 난데없이 섞여 있었다 했습니다. 처음 발견된 위치는 안양지소로 피 대주님의 위치를 정확히 알고 보낸 것입니다. 그래서……."

피월려는 서찰을 구겨 품에 갈무리했다. 그러곤 그 마조대원에게 물었다.

"암살의 가능성은 걱정하지 마시오. 이 근방에서 은허(殷 墟)라는 곳이 정확히 어디요? 내 기억으론 강가에 있던 걸로 기억하오만."

"정확하겐 북서쪽에 위치해 있습니다. 그곳은 고대 유적이 많고, 귀신이 자주 출몰한다 하여 사람들이 꺼리는 곳입니 다. 그곳으로 가실 생각이십니까?"

"그 누구도 따라오지 말라 명을 전하시오."

피월려가 눈빛에 마기를 담아 강하게 말하자, 무공을 모르 는 마조대원은 몸을 부르르 떨었다. 작은 안양지소의 마조 대원이 피월려의 마기를 감당할 수 있을 턱이 없었다. 무림 의 일과는 동떨어진 채 서찰만 이리저리 전하며 수십 년을 보낸 그는 떨리는 몸을 겨우 추스르며 단어 하나를 억지로 토해낼 수 있었다.

"조, 존명."

피월려는 그 자리에서 경공을 펼쳐, 북서쪽으로 달려 나 갔다.

그가 펼치는 경공은 잡공서에서 익힌 가장 기본적인 것으 로 빠르지도, 은밀하지도, 효율적이지도 않은 것이었다.

전혀 요리되지 않은 날것이며, 전혀 가공되지 않는 광석이 었다. 그것은 말을 탄 범인이라도 추적이 가능한 수준.

주하가 피월려의 뒤로 몇몇 기척을 느낀 건 어찌 보면 당연했다.

[미행이 있습니다.]

[아마도 그렇겠지. 느껴지는 걸 전부 말해보시오.]

주하는 피월려의 경공 정도는 잠을 자면서도 따라갈 수 있었다.

피월려와 발을 맞춰 경공을 펼치는 와중에도 다른 일에 집중할 신경이 남아돌았다.

그녀는 곧 추격자들의 숫자 및 정체까지도 알 수 있었다.

[총 셋으로, 하나는 백도, 둘은 백운회로 보입니다. 백도의 추격자가 백운회 추격자들의 행보에 여유롭게 양보하며 발을 맞추는 것을 보니, 백운회의 추격자들은 백도의 추격자의 존재를 모르는 듯합니다.]

[무위는?]

[일급 이상. 백도의 추격자는 절정일 가능성이 큽니다.]

[경공으로는 따돌릴 수 없을 테니, 우선 은허 주변까지 도착한 뒤 보법으로 움직여야겠소.]

피월려는 초절정이나 그것은 어디까지 무위(武威)를 이야기하는 것이다. 적이 하수라 할지라도, 싸움이 아닌 다른 부분에선 절대적인 의미를 가지지 않는다. 주하도 그 점을 잘 알기에 물었다.

[금강부동신법은 신묘한 보법이나 은밀한 것은 아닙니다. 따돌릴 수 있겠습니까?]

[주 소저가 유인해 준다면 가능하오.]

주하는 더 이상 세상 물정을 모르는 어린 소녀가 아니었다.

[저 또한 떼어내시려는 것입니까?]

찰나의 순간 피월려의 생각을 간파한 주하의 날카로운 전음은 감히 설득할 수 없는 확신이 서려 있었다. 분명 질문을 하기 전부터 그런 생각을 했기에, 즉시 반응할 수 있었을 것이다.

피월려는 순순히 인정했다.

[그렇소.]

[당당하십니다.]

좀처럼 감정을 내비치지 않지만, 이번만큼은 확실히 섭섭함이 느껴졌다. 화도 못 낼 만큼 피월려의 목소리가 딱딱했기 때문이다.

피월려는 그녀의 기분을 풀어줘야겠다고 마음먹었다. 그렇게 하지 않았다간 얼마나 시달릴지 눈에 훤히 보인다.

[낙양에서 내가 총주님과 마차 안에서 대화할 때, 총주님께서 방음막을 펼치라 했었던 것을 기억하시오?]

[예, 기억합니다.]

[그것과 관계된 일이오. 총주께서 제이대와 마조대 모두에게 숨긴 일이니, 일대주인 내겐 그걸 밝힐 권한이 없소.]

[……]

[이해하시오. 그리고 달리 저들을 따돌릴 만한 방법이 없질 않소?]

주하는 피월려를 이해했지만 왠지 진 기분이 드는 건 참기 힘들었다.

그녀는 퉁명스럽게 대답했다.

[그런 걸 일일이 다 전속대원에게 군이 설명하지 않으셔도 됩니다. 그냥 명만 내리시면 됩니다.]

[꼭 불리할 때만……]

[불리할 때만, 그다음에 뭐라고 하셨습니까?]

[아니오.]

피월려는 입을 다물었다. 어차피 여자와 입씨름을 해봤자 남는 건 없으니까.

어느새 주변 환경은 도시에서 평지로 변하고 있었다.

다만 평지 이곳저곳에 한때 사람의 건축물이었을 법한 유적들이 보였다.

나무가 듬성듬성 있고, 북쪽으론 강까지 흐르는 은허는 시야가 확 트인 곳답지 않게 으스스한 기분이 등 뒤에서 꾸물꾸물 올라왔다.

피월려는 그 묘한 기분을 몸소 느끼니, 왜 사람들이 이곳을 기피하는지 알 수 있을 것 같았다.

미행하는 입장에선 점점 몸을 숨기기 어려워졌다. 은허는 안양 도심과 비교했을 때 은폐물의 숫자가 턱없이 부족했고, 피월려를 추격하던 삼인방은 다음 은폐물을 찾기에만 급급했다.

그러다 결국 한 은폐물에 겹치는 사태까지 일어났고, 완전히 몸과 기운을 숨기지 못한 한 추격자의 기척이 앞에서 심혈을 기울이며 경공을 펼치던 피월려에게까지 전해졌다.

[부탁하겠소.]

피월려는 짧게 말을 마치며, 그 자리에 멈춰 섰다.

땅바닥에 자욱한 먼지를 만들며 미끄러지듯 발을 뻗은 그의 행동에 세 추격자 중 두 명이 미처 기척을 숨기지 못했다. 그들은 자기들이 발각됐다는 것을 깨닫고 혹시 모를 공격에 즉시 투항하듯 양손을 올리며 크게 외쳤다.

"공격하지 마시오! 백운회요."

피월려는 큰 소리로 외침과 동시에 금강부동신법을 펼쳐 옆에 있던 무너진 기둥 뒤로 숨었다.

"따라오면 선공으로 간주하고 공격하겠다!"

피월려가 길에서 사라진 그 순간, 주하가 어둠에서 나와 그 자리를 대신하며 먼지 속에서 땅을 연속적으로 밟아 더욱 자욱한 먼지를 일으켰다.

그녀는 곧 피월려가 지금까지 내던 속도보다 오 할은 더 빠른 속력으로 앞으로 나아갔고, 백운회 고수 둘은 이를 조용히 멈춰 선 채 바라보았다.

시간이 흐르고 백운회 고수 중 좀 더 어려 보이는 청년 고수가 먼저 말문을 열었다.

"이대로 돌아가야 합니까?"

연장자로 보이는 청년 고수가 고개를 돌렸다.

"아니, 조금 있다 추격하자. 흔적을 지울 줄도 모르니, 그것만 따라가도 될 것이다. 급히 고수가 되었다더니, 정말인가 보군."

그들은 담소 같은 몇 마디를 나눈 뒤, 주하가 남긴 흔적을 따라 움직이기 시작했다.

그들이 시야에서 사라지고 나서도, 주하가 말한 백도 쪽의 추격자는 나올 생각이 없는 듯했다.

주하의 말이 아니었다면 아무도 없다고 해도 믿을 정도로 그 추격자는 완벽히 주변 환경에 동화되어 있었다. 같은 입장이었던 백운회의 추격자들조차도 그의 존재를 알아차리지 못했었다.

설마 제갈토의 호법인가?

피월려의 눈을 직접 뽑았던 그는 눈으로 보고 있어도 기운이 느껴지지 않을 정도의 실력자였다.

그가 따라왔다면 정말 낭패 그 자체. 하지만 곧 피월려는 그 생각을 접었다. 제갈토가 자기 안전을 포기할리도 없었고, 또한 주하가 그리 쉽게 그의 존재를 알아챘을 리도 없다.

주하의 말대로 절정의 살수 정도…….

이러면 용조에게도 할 말이 있다.

피월려는 몸을 드러내며 기지개를 켰다. 행여나 추격자에게 의심할 만한 여지를 줄까 조심하면서 그는 태연하게 행동했다.

피월려는 용조가 말한 곳을 찾기 위해서 강가로 올라갔고, 그곳에서 곧 그 위치를 찾을 수 있었다.

팔(八)자 형태로 무너지다 만 대문(大文)의 유적.

그곳엔 아직 아무도 없었다.

피월려는 거기에 기대고 서서 용조를 기다렸다.

일다경이 지나고, 한 식경이 지나고…….

추격자 때문에 밖에 나오질 못하는 건가?

피월려는 옥소를 품에서 꺼내 취월가를 연주하기 시작했고, 가락에 맞춰 음기를 흡수했다.

그것이 극양혈마공의 양기와 조화를 일으키자 태극음양마공이 발동했고, 그것은 전과는 비교할 수 없을 만큼 순한 마기를 만들며 고요히 흐르기 시작했다.

그것은 너무나 잔잔하여 외부에서 그를 보면 음악에 심취한 채 연주를 하는 것으로밖에 보이지 않았다.

  대략 한 시진이 지나고 연주를 마친 피월려가 눈을 떴다.

  그 앞에는 용조가 어이없다는 듯 웃으며 서 있었다.

『천마신교 낙양지부』 17권에 계속…

이제부터 전자책은

이젠북

www.ezenbook.co.kr

새로운 세계가 열린다!

김재한 『성운을 먹는 자』 철백 『대무사』
니콜로 『마왕의 게임』 가프 『궁극의 쉐프』
이경영 『그라니트:용들의 땅』 문용신 『절대호위』
탁목조 『일곱 번째 달의 무르무르』 천지무천 『변혁 1990』
강성곤 『메이저리거』 SOKIN 『코더 이용호』

이름만 들어도 황홀할 정도의 별들의 향연!
이들의 "유료연재"가 시작됩니다!

검색창에 **이젠북**을 쳐보세요! ▼

초대형 24시 만화방

신간 100%, 샤워실, 흡연실, 수면실(침대석), 커플석, 세탁기 완비

■ 광명 광명사거리역점 ■

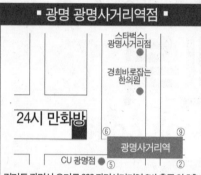

스타벅스 광명사거리점
경희바로잡는 한의원
24시 만화방
⑥ ⑨
광명사거리역
CU 광명점 ⑤

경기도 광명시 오리로 986 광명사거리역 6번 출구 앞 5층
02) 2625-9940 (솔목타워 5층)

■ 강북 노원역점 ■

운전면허 시험장
⑨ ⑩
4호선 노원역
② ①
롯데백화점   24시 만화방   순복음 교회

서울 노원구 상계동 340-6 노원역 1번 출구 앞 3층
02) 951-8324 (화용빌딩 3층)

■ 일산 정발산역점 ■

경찰서 ●   정발산역 ●
제2 공영주차장 ●   롯데백화점 ●
24시 만화방

E   C   A
라페스타
F   D   B

라페스타 E동 건너편 먹자골목 내 객잔건물 5층
031) 914-1957

■ 일산 화정역점 ■

덕양구청 ●
③   ④
화정역
세이브존 ●
② ①
롯데마트 ●   이마트 ●
24시 만화방   화정중앙공원 ● 화정동 성당

경기도 고양시 덕양구 화정동 984번지 서일빌딩 7층
031) 979-4874 (서일사우나 건물 7층)

■ 부천 역곡역점 ■

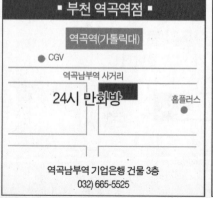

역곡역(가톨릭대)
● CGV
역곡남부역 사거리
24시 만화방   ● 홈플러스

역곡남부역 기업은행 건물 3층
032) 665-5525

■ 부평역점 ■

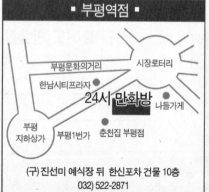

시장로터리
부평문화의거리
한남시티프라자 ●   24시 만화방
나들가게
부평 지하상가   부평1번가   춘천집 부평점

(구)진선미 예식장 뒤 한신포차 건물 10층
032) 522-2871

톱스타 이건우
크레도 장편소설
FUSION FANTASTIC STORY
열정만으로 성공하는 것은 아니다!
어중간한 실력으로 허송세월하던 이건우.
그의 앞에 닥친 갑작스러운 사고와 함께 떠오르는 기억.
'나는 죽었는데 살아 있어. 그건 전생? 도대체…….'
전생부터 현생까지 이어지는 인연들.
그리고 옥선체화신공(玉仙體化神功)…….
망나니처럼 살아온 이건우는 잊어라!
외모! 연기! 노래!
삼박자를 모두 갖춘 최고의 스타가 탄생한다!
Book Publishing CHUNGEORAM
유행이 아닌 자유추구 -
www.chungeoram.com

FUSION FANTASTIC STORY

설경구 장편소설

저니맨 김태식

한 팀에서 오래 머물지 못하고
이 팀, 저 팀을 옮겨 다니는
저니맨(Journey man)의 대명사, 김태식!
등 떠밀리듯 팀을 옮기기도 수차례.

"이게… 나라고?"

기적과 함께 그의 인생에 찾아온 두 번째 기회!

"이제부터 내가 뛸 팀은 내 의지로 선택한다!"

더 이상의 후회는 없다!
야구 역사를 바꿔놓을
그의 새로운 야구 인생이 펼쳐진다!

Book Publishing CHUNGEORAM

유행이 아닌 자유추구 -
WWW.chungeoram.com

FUSION FANTASTIC STORY
류승현 장편소설
리턴 마스터
2041년, 인류는 귀환자에 의해 멸망했다.
최후의 인류 저항군인 문주한.
그는 인류를 구하고 모든 것을 다시 되돌리기 위하여
회귀의 반지를 이용해 20년 전으로 돌아갔다. 하지만…….
"어째서 다른 인간의 몸으로 돌아온 거지?"
그가 회귀한 곳은 20년 전의 자신도, 지구도 아니었다!
다른 이의 몸으로 판타지 차원에
떨어져 버린 문주한.
그는 과연 인류를 구원할 수 있을 것인가!
Book Publishing CHUNGEORAM
www.chungeoram.com

한의 韓醫 스페셜리스트

가프 장편소설

FUSION FANTASTIC STORY

돌팔이 소리만 듣던 한의사 윤도.

달라지고 싶은 마음에 찾아간 중국 명의순례에서
버스 추락 사고에 휘말리고 마는데…….

구사일생으로 살아 돌아온 지 30일.
전에 없던 스페셜한 능력들이 생겼다?

초짜 한의사에서 화타, 편작 뺨치는 신의로!
세상의 모든 질병과 인술 구현에 도전한다!

Book Publishing CHUNGEORAM

유행이 아닌 자유추구─
WWW.chungeoram.com